Uma noite de verão

Philippe Besson

Uma noite de verão

TRADUÇÃO
Julia da Rosa Simões

VESTÍGIO

© Editions Julliard, Paris, 2024
Copyright desta edição © 2025 Editora Vestígio

Título original: *Un soir d'été*

Todos os direitos reservados pela Editora Vestígio.
Nenhuma parte desta publicação poderá ser reproduzida,
seja por meios mecânicos, eletrônicos, seja via cópia xerográfica,
sem a autorização prévia da Editora.

DIREÇÃO EDITORIAL
Arnaud Vin

EDITOR RESPONSÁVEL
Eduardo Soares

PREPARAÇÃO DE TEXTO
Sonia Junqueira

REVISÃO
Eduardo Soares

CAPA
Diogo Droschi
(Sobre imagem de
Imgorthand/iStock

DIAGRAMAÇÃO
Guilherme Fagundes

Dados Internacionais de Catalogação na Publicação (CIP)
Câmara Brasileira do Livro, SP, Brasil

Besson, Philippe
   Uma noite de verão / Philippe Besson ; [tradução Julia da Rosa Simões]. -- 1. ed. -- São Paulo : Vestígio, 2025.

   Título original: Un soir d'été
   ISBN 978-65-6002-096-2

   1. LGBT - Siglas 2. Romance francês I. Título.

25-255498   CDD-843

Índices para catálogo sistemático:
1. Romances : Literatura francesa 843

Aline Graziele Benitez - Bibliotecária - CRB-1/3129

A **VESTÍGIO** É UMA EDITORA DO **GRUPO AUTÊNTICA**

São Paulo
Av. Paulista, 2.073 . Conjunto Nacional
Horsa I . Salas 404-406 . Bela Vista
01311-940 . São Paulo . SP
Tel.: (55 11) 3034 4468

Belo Horizonte
Rua Carlos Turner, 420
Silveira . 31140-520
Belo Horizonte . MG
Tel.: (55 31) 3465 4500

www.grupoautentica.com.br
SAC: atendimentoleitor@grupoautentica.com.br

"Aqueles dias se foram para sempre
Eu devia simplesmente deixá-los para trás, mas
Ainda vejo você
Sua pele morena brilhando ao sol"
Don Henley, "The Boys of Summer"

"Que fim levaram as noites,
ociosas e lentas do verão,
estiradas até o último fulgor,
até o êxtase do próprio amor,
de seus soluços, de suas lágrimas?"
Marguerite Duras, *O verão de 80*

Hoje

Esta manhã, ao virar uma esquina na cidade onde moro, pensei ter reconhecido o rosto e o jeito dele de andar.

Era absurdo, claro: tantos anos se passaram desde *os acontecimentos*, ele certamente teria mudado muito, e cruzar com ele teria exigido uma improvável combinação de circunstâncias.

Ainda assim, não consegui deixar de me lançar em uma estranha perseguição, seguir aquela silhueta apenas porque me pareceu familiar, acompanhar os passos de um desconhecido unicamente pela semelhança com o homem que *ele* poderia ter se tornado.

Me vi abrindo caminho por calçadas apinhadas, me esgueirando pela multidão, atravessando a rua sob buzinas estridentes. Eu diminuía o passo assim que ele parava, amaldiçoava os semáforos que ficavam verdes na hora errada e logo retomava o ritmo com força renovada. Por fim, sem conseguir me conter, acelerei para ultrapassá-lo e me virar.

Eu precisava conferir. Ter certeza.

A verdade, se quiser saber, é que nunca consegui me livrar dessa história, ela nunca saiu de mim, ela segue aqui, em algum lugar, perdida nos recessos de minha memória, e volta à tona de tempos em tempos. Essa não foi, por sinal, a primeira vez que fui subitamente atraído por uma sombra, uma forma, uma aparição fugaz.

Nostalgia? Talvez. Saudade de nossa juventude despreocupada, digamos.

Certo vazio? Sem dúvida. Como se essa ausência fosse impossível de preencher.

Culpa? A de não ter percebido nada, no caso.

Você sabe por que as boas histórias sempre precisam acabar mal?

1985

Tenho dezoito anos. É verão, o começo do verão.

Do convés da balsa que liga o continente à ilha, observo os veículos alinhados abaixo, no ventre da embarcação. Algumas famílias, como a nossa, chegaram a esperar horas antes de poder embarcar. Minha atenção é atraída por crianças correndo entre as filas de carros; não faz tanto tempo, eu era uma delas. Depois me detenho nos marinheiros de uniforme branco, brilhando ao sol, encarregados da travessia; logo deixarão de fazê-la, uma ponte será construída, pessoas importantes assim decidiram. Por fim, levanto a cabeça para observar as gaivotas se deixando levar pelo vento; eu poderia jurar que seu voo é imóvel.

E fecho os olhos.

Respiro a mistura de cheiros de combustível e sal, ouço o estrondo das ondas contra o casco da balsa, sinto um balanço regular. Eu não saberia dizer se estou triste ou feliz. Provavelmente, um pouco dos dois. Penso no ano letivo que acabou de se encerrar, meu último de classe preparatória, penso no que me espera, na partida para Rouen, a distante Rouen, distante de minha Charente natal, e pressinto que nada será como antes, que a adolescência definitivamente acabou, embora eu ainda queira me agarrar a ela. Penso nos colegas que tive desde o ginásio e o liceu, que não verei com a mesma frequência ou, talvez, nunca mais. É uma sensação dilacerante. Tão cedo na vida, já considero insuportável perder as pessoas. Ainda assim, sorrio um pouco, ou, se não sorrio, percebo que meu rosto está tranquilo. Não apenas pelos olhos fechados. Nem pela luz quente sobre a pele. Não: essa serenidade que se manifestou vem do fato de eu estar voltando para a ilha.

Quando reabro os olhos, um garotinho de uns seis anos está parado na minha frente. Ele me observa com ar curioso, ou melhor, ele me analisa em detalhes. Na verdade, é da minha camiseta que ele não tira os olhos. Uma camiseta desbotada, de gola frouxa, com a cabeça do Mickey estampada no peito. Ele deve estar pensando que já passei da idade de usar uma camiseta dessas ou, ao contrário, gostou da estampa e está pensando que poderíamos ser amigos. Deixo que me encare sem lhe fazer nenhuma pergunta. Não sei como me dirigir às crianças. Com elas, sempre me sinto desconfortável. Então abaixo a cabeça.

Naquele verão, meu irmão não estava conosco, já não me lembro por quê. Talvez estivesse trabalhando na Venthenat, a fábrica de embalagens de Barbezieux, para fazer uma grana extra. Em julho e agosto, eles contratavam estudantes para substituir os operários de férias. De qualquer forma, meu irmão nunca gostou muito da ilha. Acho que ele não gostava dos moradores; na verdade, não entendia seu jeito de ser – certa tendência ao isolamento e à discriminação, segundo ele, embora não formulasse a coisa nesses termos. Portanto, somos apenas meus pais e eu. Eles me chamam de volta ao carro, estamos chegando ao cais.

Quando atracamos em Sablanceaux, tudo me volta de uma só vez: a estrada em mau estado devido aos milhares de turistas que necessariamente desembarcam ali, a silhueta dos pinheiros-mansos, a presença reconfortante da praia, o cheiro das algas na maré baixa e, logo depois, o *camping* Le Platin, onde passei tantas tardes; Christian, o melhor amigo do meu pai, que ele conheceu no serviço militar, dono de um quiosque de batatas fritas que está sempre cheio. Um pouco mais adiante, a praça com o carrossel e a pista de petanca, muros de pedra escurecidos, casas com venezianas verde-garrafa, uma curva: estamos a caminho de La Noue. É onde Christian mora, com a esposa e dois filhos, e onde vamos nos hospedar.

Assim que chegamos, trocamos beijos e abraços, nem um pouco cerimoniosos ou artificiais, um impulso sincero, espontâneo, de quem sentiu falta do outro desde o verão passado, de quem está feliz de se reencontrar, de estar junto novamente. Embora eu às vezes pareça arisco ou insolente – alguns me criticam por isso, aliás –, nunca sou assim com eles, é impossível.

Christian e Anne-Marie, sua esposa, são os únicos adultos com quem compartilho esse afeto espontâneo. De meus tios e tias mantenho distância, evito-os o máximo que posso, não vejo nenhum ponto de contato com eles e não acredito na conveniente fábula dos laços de sangue, já entendi que escolhemos as pessoas que amamos, que elas não devem ser impostas a nós. Os outros amigos dos meus pais também não me interessam muito. Quando jantam lá em casa, raramente dirijo a palavra a algum deles, com frequência saio da mesa e ninguém se ofende, ninguém sente minha falta. Com Christian e Anne-Marie é diferente. Não porque eles me viram nascer (meus parentes também me viram nascer), mas porque sempre me senti feliz na companhia deles. Com eles nunca senti tédio, tensão, tristeza ou seja lá o que for. Sempre foi fácil. E, com eles, sempre tive o verão, o sol. Sempre.

François, no entanto, não estava lá para me receber. Anne-Marie explica sua ausência: "Ele foi até o centro. Comprar cigarro escondido, imagino. Ele acha que não percebi que começou a fumar, pensa que sou boba". Ela diz "boba" e não "idiota". Anne-Marie não fala essas coisas.

Subo até o andar de cima para deixar minha mochila no quarto de François, que dividimos durante as férias. Ele e eu temos praticamente a mesma idade, com algumas semanas de diferença, sou o mais velho, não crescemos juntos, mas em paralelo, nos vemos todos os verões, temos nossas rotinas. Ele poderia ficar irritado por ter de dividir o quarto, mas isso nunca acontece. Percebo, inclusive, que ele fez uma pequena arrumação, camuflou a bagunça e já deixou meu colchão no chão, ao pé da cama dele. À noite, conversamos um monte antes de dormir, mesmo quando a luz está apagada e o sono começa a nos vencer. Nos primeiros dias, atualizamos os papos. Depois, falamos sobre tudo e nada. É isso o que me espera, que nos espera, nesse verão. A constância dessas rotinas me tranquiliza. Atiro minha mochila no colchão e desço para o jardim. Os adultos estão sentados ao redor da mesa, Anne-Marie serve bebidas; vejo uma garrafa de *pastis* e outra de Martini. Não fico ali, o que importa para mim é encontrar meu parceiro.

Subo a Rua Cailletière a pé. A calçada é tão estreita que roço constantemente as fachadas das casas, os ganchos das persianas e os galhos das malvas-rosas. A Praça Tilleuls logo se abre à minha frente. Dou uma olhada na direção do café. François está lá, de fato, sentado nos degraus, com um cigarro nos lábios. Como sempre, está de regata preta, jeans e chinelos. Ao lado dele, encostado na parede, um rapaz que nunca vi também está fumando. Me aproximo em silêncio. De repente, percebendo minha presença, François levanta a cabeça, o sol banha seu rosto, o obriga a franzir o cenho e, apesar da luz intensa e dos olhos semicerrados, ele me reconhece e dá um pulo para me abraçar. Ele faz isso, abraçar, não aperta a mão, não dá um beijo, ele abraça (será que pegou essa mania de alguma série americana?). O rapaz nos observa, ligeiramente surpreso. François nos apresenta: "Philippe-Nicolas, Nicolas-Philippe". Não diz mais nada, os nomes bastam por enquanto, o resto virá mais tarde.

Então, com a mão em meu ombro e um sorriso que atesta o prazer genuíno do nosso reencontro, pergunta: "Quando chegou?".

Caminhamos para Les Grenettes, nenhum de nós decide fazer isso, simplesmente acontece, como um reflexo, nossos passos nos guiam naturalmente até lá. Está longe de ser a praia mais bonita da ilha, o cascalho às vezes desanima os adeptos do banho de sol, o capim cresce solto pelas dunas, ela é especialmente apreciada pelos surfistas, por conta das ondas generosas, mas para François e para mim é nossa praia desde a infância, onde passamos incontáveis tardes, recostados nas paliçadas, protegidos do vento.

Aproveito para fazer minhas primeiras perguntas a Nicolas, mais por educação do que por curiosidade. François, assumindo o comando, responde em seu lugar: ele é "do continente", mas veio morar em La Noue no inverno passado, com a mãe, que conseguiu um trabalho na prefeitura e um lugar para morar. Entendo que não há pai nessa história. Imagino uma separação, um divórcio, são coisas cada vez mais comuns. Nicolas parece mal prestar atenção, como se estivéssemos falando de outra pessoa. Fuma um Marlboro, a fumaça envolve seu rosto que olha para baixo. Consigo examiná-lo sem que ele perceba, porque estamos alinhados, caminhando no mesmo ritmo, e François se posicionou entre nós dois. Nicolas tem a magreza dos garotos que crescem rápido demais, cabelos loiros, longos e finos, que cobrem suas bochechas. Todo o seu ser exala uma espécie de languidez. Dá vontade de que o verão lhe dê cores e lhe ensine a negligência travessa que em geral nos caracteriza. Penso: isso virá. Penso: François não o escolheu por acaso.

Quando chegamos à praia, ela está lotada. É o início da tarde e ninguém quis perder um instante de sol. Além disso, a maré está alta: as crianças podem nadar depois de fazer a digestão. Observo aquela massa de toalhas coloridas, bolsas disformes, *coolers*, guarda-sóis, aquele amontoado de corpos ainda brancos ou ligeiramente avermelhados, já que é apenas o começo da temporada, uma mistura de casais, crianças, bebês, idosos – raras são as pessoas sozinhas. É um espetáculo que me é familiar.

Naquela época, a ilha não era burguesa. As pessoas viajavam com trailers, barracas de lona, ninguém tinha residências secundárias, casas de praia quase não existiam, muito menos mansões fotografadas em revistas de decoração; eram férias econômicas, no *camping*, um lugar sob um pinheiro reservado com muita antecedência, onde montava-se um lar temporário por três ou quatro semanas, levava-se o botijão de gás para cozinhar sob um toldo, comia-se em mesas dobráveis, em pratos de papelão, no frescor da noite bebia-se um aperitivo em copos de plástico, não havia frescura, controlava-se os gastos, mas, mesmo assim, os pequenos ganhavam um *waffle* ou um sorvete, pequenos luxos eram permitidos, e dormia-se em grande proximidade. À tarde – isso era sagrado – ia-se tomar sol e dar um mergulho. Os dias passavam sem que percebêssemos. Na infância, eu não via os dias passarem.

François diz: "Devíamos ter vindo de sunga".

Percebo que ele está interessado em uma garota que deve ter a nossa idade, talvez um pouco menos, uma garota muito bonita, com seios pequenos e firmes, que puxa o elástico da calcinha do biquíni antes de se virar para deitar de bruços. Ao lado dela, dois adultos que parecem ser seus pais e um cara de uns vinte anos. François pensa, e, ao pensar, me pergunta: "Você acha que é o namorado dela?". Especulo: "Pode ser o irmão". Acrescento: "Seria conveniente para você que fosse o irmão". Ele sorri e explica: "Eu a vi na feira mais cedo".

Pela manhã, François vai à feira com o pai, que todos os dias estaciona o caminhão do açougue na Alameda das Escolas. No início, quando era pequeno, ele apenas embalava a carne e atendia os clientes. Agora que tirou o diploma técnico, trabalha de verdade com o pai. Não de igual para igual, é claro, Christian tem vinte e cinco anos de experiência e impõe respeito, mas digamos que François, aos poucos, encontra seu espaço.

Ele completa: "Ela nem me deu bola". Não sei se está aliviado ou desapontado. Às vezes parece acreditar que as garotas bonitas do verão não podem se interessar pelo filho do açougueiro em seu caminhão, que isso as repele, as mantém à distância. E às vezes se lembra de que é atraente, de que chama a atenção, e que, na leveza das férias, a sedução acontece com mais facilidade, porque nada é sério, nada tem consequências.

Eu murmuro: "Vá falar com ela amanhã, se a encontrar". Ele descarta minha sugestão: "Amanhã está muito longe". Ele aprendeu que não há tempo a perder, que os turistas nunca ficam muito, que é preciso aproveitar antes que seja tarde demais. Nicolas, que percebe sua impaciência, toma a palavra, para nossa grande surpresa: "Quer que eu fale com ela?". François se vira para ele, perplexo: "Você faria isso? Mas como?". "Bem, espero ela ir molhar os pés na água, me aproximo e digo que você ficou encantado, que nem sabe que estou indo falar com ela, algo assim". François nem tenta esconder o desânimo: "Esquece".

Nos sentamos contra uma paliçada, vagamente derrotados. François tira os chinelos e enfia os pés na areia.

Penso no desejo dele, o desejo de todos os garotos de dezoito anos desde tempos imemoriais, o desejo de usar um corpo novinho em folha e tocar, acariciar, abraçar, possuir e depois abandonar o corpo das garotas. Esse desejo está ali, evidente, visível. Ele não se esconde, não tem vergonha. Não se censura, pelo contrário, se manifesta. Passeia por aí como se fosse um maço de cigarros no bolso da calça jeans, uma pochete na cintura, um brinco na orelha. Rumina sua ânsia, inseparável de uma forma de frustração. Cresce por não ser suficientemente satisfeito. É ao mesmo tempo localizado – o sexo das garotas, seus seios – e amplo, direcionado ao maior número possível, sem real distinção. Seria ainda mais intenso se os garotos soubessem que não terão dezoito anos para sempre, se soubessem que a vida séria os aguarda. É inocente quanto ao próprio enfraquecimento futuro.

O meu desejo, por sua vez, se dirige aos garotos, mas no fundo é idêntico. Apenas tingido de incerteza, porque as probabilidades jogam contra ele, e de transgressão, porque é minoritário, fora do comum.

François pergunta: "E você, viu algum cara interessante?".

Ficamos um bom tempo na praia, encostados na cerca, sem dizer nada. Sinto o sol no rosto, ele age como um bálsamo. Pego punhados de areia e os observo escorrer lentamente entre os dedos. Sinto todos os músculos se soltarem. Parece que começo a liberar a tensão acumulada nas últimas semanas, quando fazia o papel de aluno exemplar, decorando matérias, enfrentando dias sem fim no inferno do curso preparatório e das noites agitadas no barulho do internato, enchendo a cabeça com um conhecimento superficial projetado para impressionar no momento certo, suportando provas orais humilhantes, tudo para me apresentar nas melhores condições nos concursos, aqueles que abrem as portas das grandes escolas. Vou me livrando, pouco a pouco, da ansiedade que me corroía quando, em salas imensas cheias de clones, precisava encarar o susto de conteúdos mal estudados, de ter que vasculhar a memória em vez de raciocinar, encher folhas e folhas a toda velocidade, entregar a tempo, na última hora, nunca satisfeito, e esperar os resultados de classificação, que determinariam se o caminho terminava ali ou não. Deixo para trás o nervosismo que me invadia sempre que cruzava a porta que me separava dos examinadores, dos juízes, e a raiva quando fracassava, ou os frágeis momentos de esperança quando tinha a sensação de ter me saído bem. Descarto meus resquícios de pessimismo e cansaço. Afinal, conquistei meu objetivo. Passei no maldito concurso. Talvez esteja na hora de voltar à luz, à tranquilidade.

Pergunto a Nicolas: "Você estuda?".

Antes que ele tenha tempo de responder, François se adianta e diz: "Ah, esqueci de contar, Philippe é o *nerd* do grupo, pulou um ano no colégio, ele ainda vai longe, pode perguntar pro meu pai, ele não para de repetir: 'Philippe vai longe', como se quisesse dizer que eu não fui a lugar algum, mas, enfim, ele esquece que passei de primeira no Certificado de Aptidão Profissional e que é bem conveniente pra ele que eu seja seu ajudante".

Entendo que François fique ressentido: seu pai, de fato, não poupa elogios a mim, o que chega a ser constrangedor, como se ele não tivesse encontrado motivo para sentir orgulho do próprio filho e o transferisse para outra pessoa. Tento minimizar dizendo que existem cursos muito mais prestigiosos que o meu, mas não adianta. Achei que revelar minha homossexualidade refrearia seu entusiasmo, mas não. Christian, claro, fica perplexo – garotos que gostam de garotos estão muito longe de seu universo, não fazem parte de suas referências, são inclusive objeto de piadas duvidosas na feira, entre os comerciantes –, mas a admiração acabou superando seu desconforto. Ele só quer que não se toque no assunto. E eu obedeço de bom grado. Assim, quando as piadas começam a circular entre as bancas, faço de conta que não ouço.

Nicolas finalmente responde à minha pergunta: "Acabei de reprovar no *bac*,* vou repetir o último ano depois das férias". Tento consolá-lo, embora ele não tenha me pedido

---

* O *baccalauréat*, exame final do ensino médio na França. (N.T.)

nada: "Não se preocupe, você passa no ano que vem". No instante em que pronuncio essas palavras, percebo que elas carregam a presunção de superioridade do bom aluno, além de um desprezo social abominável (é como se eu dissesse: "*pessoas como você*, geralmente, precisam de duas tentativas"). Na verdade, elas têm o som de uma moeda de cinquenta centavos atirada na latinha de um mendigo sentado na calçada. O olhar vagamente irritado de Nicolas confirma que não estou errado.

Ele emenda: "Então você é veado?". Eu poderia interpretar essa mudança de assunto como uma forma de dar o troco por minha famosa moeda, mas não é o caso. Nicolas simplesmente não tem mais nada a dizer sobre o tema dos estudos, não é algo que o preocupe, ou ele não quer falar a respeito. Ele acrescenta: "Na verdade, não ligo que você seja veado, só acho que não conheço nenhum". Tento fazer uma piada: "Bom, agora esse terrível erro foi corrigido". Ele sorri. É o primeiro sorriso. Que ilumina todo o seu rosto, realça a delicadeza de seus traços, quase femininos. Que indica que a apatia de Nicolas talvez não seja uma fatalidade.

Depois, continuamos falando de tudo e de nada.

Pergunto aos dois: "No mais, algo planejado para o 14 de Julho?". François menciona o inevitável show de fogos no porto de Saint-Martin e depois zomba do baile popular anunciado nos cartazes espalhados por toda a ilha: "Só vai ter velho, com certeza". Somos como todos os garotos da nossa idade: não queremos nos misturar aos adultos, não escutamos a mesma música que eles, aliás, eles nem ouvem música de verdade, para nós, qualquer pessoa com mais de quarenta anos é velha, com certeza nunca vamos chegar aos quarenta, vamos morrer antes.

François fala de sua Honda 100cc. Ele se irrita: "O motor tá falhando, é uma merda". Não entendo nada de mecânica, tenho medo de velocidade, o barulho dessas máquinas me exaspera. Então, não comento. François se vira para Nicolas, que dá a impressão de não ter ouvido. Ele desiste na mesma hora. Suas palavras se dissipam no ar, como se serpenteassem pelo capim alto, levadas pelo vento suave.

Pergunto: "O que tá passando no cinema?". (Em julho e agosto, uma sala de cinema é aberta em Saint-Martin, exibindo filmes comerciais com atraso.) François quase engasga: "A gente não vai se trancar lá dentro!". Eu me defendo: "Era só pra saber! Se um dia não tivermos nada melhor pra fazer ou se chover…".

Nicolas muda de assunto: "Legal essa sua camiseta do Mickey". Menciono então o menino da balsa. Ele brinca: "Então, se entendi direito, minha idade mental é a de uma criança de seis anos?".

Nossa conversa é pontuada por longos silêncios, durante os quais contemplamos a praia, as pessoas, a garota bonita, dois caras musculosos jogando *frisbee*, a garota bonita de novo, mas quase nunca o mar, porque não há nada acontecendo nele, ele sempre esteve lá e sempre estará. Nesses silêncios não há nenhum constrangimento. Eles existem, só isso.

Estamos em 1985, não existem celulares. Não ficamos grudados em telas por horas, lendo mensagens e e-mails, recebendo todo tipo de notificações, baixando aplicativos, jogando Pokémon GO ou Angry Birds, assistindo vídeos, ouvindo os hits do momento, não existe isolamento digital. Estamos os três juntos, sem nada para fazer, mas juntos.

François diz: "Bora?".

Chegamos à casa de Christophe, o amigo de infância de François. Eles eram vizinhos, suas casas eram praticamente geminadas, na Rua Peu Breton, antes que os pais de François decidissem "construir", um pouco mais longe, na Rua Coquelicots. Eles sentavam lado a lado na escola primária e depois foram juntos para o colegial. Eram chamados de "os inseparáveis". Um verdadeiro achado, esse apelido.

(Um dia, Anne-Marie me mostrou, em segredo, uma foto do álbum de família, onde os dois estão na frente do portão, devem ter cerca de oito anos, colados um ao outro em uma manhã de inverno, enrolados em casacos quase idênticos, parecendo gêmeos. Essa foto me emocionou profundamente, lembro bem disso. Ela testemunhava uma amizade, claro. Mas também uma singularidade: eles cresciam em uma ilha que só se podia alcançar de barco, em um recanto do mundo que os protegia. Observando a foto, senti inveja. Queria ser como eles e estar com eles.)

É a mãe de Christophe quem abre a porta. Ela disse: "Ele está dormindo, mas se quiserem posso acordá-lo". François diz que sim. A mãe desaparece. Enquanto esperamos, vamos nos sentar na sala. Afundamos no sofá, de pernas abertas. É um sofá de vinil, desgastado, com bordas escurecidas pela passagem do tempo. Na mesa à nossa frente há uma revista de pesca e uma de tricô. A televisão, do outro lado, parece um grande cubo preto nos observando. Está coberta por uma toalhinha provavelmente feita pela mãe, de crochê. Na parede está pendurado um quebra-cabeça gigante, de uma aldeia francesa com uma igreja e um campanário, de cores já desbotadas. Eu comento: "Que feia a casa de Christophe, não?". François dá de ombros: "Sempre foi assim. E na real não é tão feia".

Christophe finalmente aparece, com o rosto ainda sonolento. Fica surpreso de me ver: "Achei que só chegasse amanhã". Ao que François responde: "Eu disse que era hoje, mas você não presta atenção, e ainda por cima não lembra de nada...".

Me ergo do sofá com dificuldade, para abraçá-lo. Ele também cumprimenta Nicolas (presumo que se conhecem), e depois se atira em uma poltrona: "Estou morto, galera, vocês acabaram com a minha sesta".

É importante esclarecer que ele põe o despertador todos os dias para as quatro da manhã, para sair ao mar com o pai (é melhor pescar ao nascer do sol porque a luz muda e o olho do peixe precisa se adaptar à variação de luminosidade, por isso sua visão piora – me explicaram isso um dia, quando perguntei). Depois de recolher as redes, eles vão à feira vender o pescado do dia. Se quiser aproveitar a noite, Christophe precisa dormir à tarde. Estamos acostumados. O que não nos impede de ir tirá-lo da cama mais cedo, quando nos dá vontade.

Ele pergunta: "Tudo dez?". Ele sempre pergunta isso, "Tudo dez?". François responde: "Só a metade de vinte". Christophe já não ri mais da piadinha, no começo sim, mas não mais. Ele resmunga um pouco e François comenta que ele deveria parar de fazer a pergunta se não quisesse ouvir a resposta. Uma careta se desenha no rosto de Christophe. É tão típico dele, cair nessa toda vez.

Eu digo: "Ah, tirei carteira de motorista. E de primeira!". (É a primeira coisa que me ocorre dizer. Não falo dos concursos, do ano que passei entorpecido, submisso, de tudo que me ocupou completamente a mente, não, talvez porque sei que Christophe não dá a mínima – para ele, sou apenas o amigo de verão, das férias –, mas também porque ele vai pensar: agora não vamos mais ser obrigados a andar o tempo todo de Mobylette ou de moto).

Estou bastante orgulhoso. A carteira, obviamente, não representa apenas o direito de dirigir um carro, ela é um marco, a travessia de uma fronteira que, embora invisível, é bem real. De repente, você não é mais olhado da mesma maneira, você se torna um adulto, é considerado responsável, considerado autônomo. Desde sempre, dependemos de nossos pais, de suas decisões, de suas proibições e autorizações, de sua boa vontade, de sua disponibilidade. Somos mantidos na docilidade, na flexibilidade. E então, pela primeira vez, fazemos as coisas por conta própria, entramos no carro sozinhos, seguramos o volante, escolhemos o lugar para onde queremos ir, temos um poder de vida e morte, ou algo do tipo.

Christophe murmura: "Vou tirar a minha em setembro, depois da temporada".

Quantas vezes já ouvi essa expressão, "depois da temporada"? Na ilha, no verão, vários moradores trabalham sete dias por semana, vivem só para os turistas, colocam entre parênteses suas vidas normais, ganham o dinheiro do ano e, quando o outono chega, e com ele a calma, finalmente têm tempo "para eles", para cuidar de si mesmos, de suas coisas.

François o corrige: "Bem, você vai tirar quando completar dezoito anos. E falando nisso, o que vamos fazer no seu aniversário?".

Christophe nasceu no dia 19 de julho. Todo ano, fazemos uma espécie de festa, ou pelo menos marcamos a data. É um marco, um ponto de referência, um compromisso que não queremos perder por nada no mundo, embora nunca o admitamos. Ele se surpreende: "Vamos ao Bastion, não?".

O Bastion é a balada de Saint-Martin, o ponto de encontro da juventude, tanto a que está de férias quanto a que mora na ilha o ano inteiro. Em algumas noites, a mistura funciona, em outras não. Mas sempre se bebe, se fuma, se fala alto, se cambaleia e, às vezes, se dança.

François alfineta: "Você precisa perder um pouco de peso, não acha? Senão, nunca vai conseguir se mexer na pista".

É verdade que Christophe pesa mais de noventa quilos (para um metro e setenta e oito, no entanto – ele sempre lembra sua altura quando atacam seu peso). Desde a última vez que o vi, não emagreceu muito. A palavra que mais me vem à mente para descrevê-lo é "desengonçado". Eu o defendo: "Não permita uma coisa dessas, por que deixa ele tirar sarro de você?".

Christophe revira os olhos, como quem diz que as coisas sempre foram assim entre eles e que não há nenhuma razão para que mudem.

Nesse exato momento, lanço um olhar furtivo para Nicolas e percebo uma contração em seu rosto, como se a maneira de François de provocar Christophe o incomodasse, a menos que seja a resignação deste último que o aborreça. Mas posso estar enganado, e além disso não nos conhecemos o suficiente para eu perguntar sobre sua eventual sensibilidade.

François diz: "Que tal uma cerveja?".

Não sei quanto tempo ficamos ali, atirados no sofá, com as latinhas na mão. Temos uma incrível habilidade de procrastinar. Para Christophe e François, essa letargia até certo ponto se justifica: eles levantam ao nascer do sol e cumprem verdadeiras jornadas de trabalho. Nicolas e eu quase não temos desculpa. Digamos que poderíamos alegar a necessidade de descansar depois de um pesado ano escolar. Seja como for, simplesmente adoro nossa ociosidade. Sonhei com ela o inverno todo.

No internato, em minha estreita cama de solteiro, quando eu acordava à noite com frio, e isso exigia um esforço sobre-humano para puxar a coberta, quando eu escovava os dentes ou me barbeava na frente do grande espelho estilhaçado do banheiro coletivo, quando eu estava preso em uma sala de aula, entre meus colegas, com uma vista privilegiada para o concreto de um pátio e suas árvores mortas, atrás das grades das janelas, quando eu não conseguia comer uma comida disforme no refeitório, em meio ao barulho indescritível dos talheres batendo nos pratos, quando eu ficava sem voz diante das perguntas empoladas e das expressões desdenhosas dos professores, cujo objetivo era nos fazer desistir, nos mostrar a saída, já que, claramente, não tínhamos o perfil das grandes escolas, quando eu passava horas na minha mesa, diante de uma parede cor de casca de ovo, revisando matérias que invariavelmente me escapavam, quando eu caía de cansaço às duas da manhã, sem a menor ideia do que estava acontecendo *lá fora*, sim, eu sonhava com esse momento, o momento em que estaríamos sem fazer nada, quase sem falar, bebendo cerveja, na casa de um ou de outro, ou no L'Escale, onde sentiríamos o calor, onde aproveitaríamos a linda luz oblíqua que entrava pela janela e tocava o piso de azulejos, e eu repetia para mim mesmo, para aguentar, como quem se agarra a uma esperança: vai ser bom. E agora que está acontecendo, posso dizer: sim, é bom. Valeu a pena sonhar com este momento.

De repente, não sei por quê, alguém fala do voo da Air India que explodiu, alguns dias antes, a 9.500 metros de altura sobre o Atlântico, ao sul da Irlanda. O voo 182 fazia a rota Montreal-Mumbai, com escalas em Toronto, Londres e Delhi. Mais de trezentas pessoas morreram no atentado. Mas o que nos interessa é a incrível história de um passageiro que se registrou como sr. Singh e nunca embarcou, enquanto sua bagagem foi colocada no compartimento de carga e transferida de escala em escala até a bomba que ela continha explodir. François fica quase admirado: "Sério, é louco, parece um filme de ação ou um quadrinho do Tintin". Nicolas concorda: "Quais as chances? Normalmente, essa mala nunca deveria ter sido aceita a bordo. Já pensou na comissária que a aceitou?". Christophe é o único a demonstrar empatia: "E as pobres pessoas, vocês pensaram nessas pobres pessoas que morreram em um segundo?". Eu não digo nada. Brinco com o Cubo Mágico que encontrei preso entre as almofadas do sofá, tento fazer com que cada lado tenha uma cor só, mas me perco nas rotações e acabo jogando o cubo na mesa, resmungando: "Que jogo idiota".

Um pouco depois, a mãe de Christophe aparece para avisar que o pai dele está quase chegando e que seria melhor para todos que ele não encontrasse a sala cheia de adolescentes preguiçosos e com fumaça de cigarro. François diz, sem pressa: "Em todo caso, a gente já estava indo embora".

Nos despedimos. Nicolas diz que vai para casa, senão sua mãe vai ficar de "sangue ruim". (Essa expressão me chama a atenção: "sangue ruim".) De repente, vejo um menino comportado, obediente, bem-educado (e, no fundo, é o que todos somos, embora recusássemos absolutamente o rótulo). Tenho medo que isso faça François zombar dele, mas ele não reage e fico aliviado. Observo Nicolas se afastando, com seu corpo muito magro e a cabeça encolhida entre os ombros: ele tem algo de enternecedor. François me encara: "Tenho a impressão de que você gosta dele". Eu abaixo os olhos: "Sim, mas não do jeito que você pensa".

Voltamos pela Rua Coquelicots. Quando chegamos em casa, Virginie, a irmã mais nova de François, está lá, na entrada do portão, com a corda de pular no chão. Ela tem treze anos. Quando me reconhece, corre e me abraça. Pede desculpas: "Eu estava na casa da minha amiga Nathalie quando vocês chegaram". Sente a necessidade de justificar sua ausência, como se fosse um erro imperdoável. Eu sorrio. Ela me pergunta: "O que vocês fizeram a tarde toda?". Sua lendária curiosidade volta com força. François lança um olhar severo à irmã: "Não te interessa". Ela responde com um encolher de ombros, depois me pega pela mão e me puxa: "Vem, preciso te mostrar uma coisa!". A coisa em questão está no quarto dela e é um pôster, pregado na parede, do Modern Talking, uma banda alemã formada por dois caras de cabelo armado, um moreno, que empunha um piano-guitarra, e o outro loiro, com cara de touro, que cantam "You're My Heart, You're My Soul", o hit do momento. Ela exclama: "Eles são incríveis, né?".

À noite, François e eu saímos rapidamente da mesa do jantar, sem que nossos pais reclamem muito, na verdade eles não precisam de nós, protestam só por formalidade e, no fundo, entendem perfeitamente que queiramos passar um tempo juntos depois de tanto tempo. Voltamos para o nosso refúgio. Cada um se atira em sua cama, com os olhos fixos no teto, e continuamos nossas conversas sem pé nem cabeça. Eventualmente, caímos no sono.

Logo antes de adormecer, François teve tempo de confessar: "Digam o que quiserem, mas a garota da praia é um espetáculo".

No dia seguinte, quando o sol filtrado através das persianas vem me acordar, François não está no quarto. Já faz um bom tempo que se levantou, primeiro para ir ao "laboratório", que fica ao lado da casa. É assim que chamamos o local – branco, ladrilhado, despojado – onde as carcaças, vindas do abatedouro, são recebidas e armazenadas nas câmaras frigoríficas antes de serem selecionadas, desossadas, cortadas e preparadas, onde os nervos são retirados e as peças de carne são fatiadas no cepo de madeira. É lá que a carne de boi vira contrafilé e medalhão, que a carne de porco se transforma em costeleta e linguiça, que o cordeiro vira pernil e a vitela vira escalope. (E quando isso é feito, também é preciso usar a espátula para raspar a tábua, limpar as lâminas e lavar o chão com bastante água.)

Por volta das sete e meia, tudo foi colocado no grande caminhão de açougueiro, com destino à feira de La Noue. Christian estacionou o mastodonte na vaga de sempre, cumprimentou alguns madrugadores e foi logo tomar uma dose no L'Escale com os colegas. Enquanto isso, François abriu o compartimento de carga e a prateleira, passou um pano na vitrine refrigerada para que ficasse impecável. Acendeu as luzes sobre a bancada e colocou papel na caixa registradora antes de dar uma olhada nos suportes para facas e colocar embalagens nos compartimentos destinados a isso. Limpou pela última vez o moedor de carne e o fatiador. Por desencargo de consciência, verificou se as câmaras frigoríficas estavam bem fechadas e se a gaveta de resíduos estava vazia. Ele conhece esses gestos de cor, os efetua mecanicamente. Então, aguardou que seu pai terminasse o copo de vinho, na esperança de que ninguém aparecesse: tem receio de não ser levado a sério, por causa da idade, e, de todo modo, nunca sabe bem como se dirigir aos clientes. Seu pai, por outro lado, faz isso muito bem, tem o dom de falar, de interpelar, tem lábia, usa frases prontas, as pessoas apreciam seu bom humor, seu ânimo, sua irreverência. François, tão cheio de confiança com a gente, seus amigos, fica sempre um pouco retraído quando se trata do resto do mundo.

Desço para o andar de baixo, passo pelo corredor que leva até a cozinha. Não há o menor barulho. Ao que tudo indica, estou sozinho em casa. Anne-Marie, como esperado, foi para Rivedoux abrir o quiosque de batatas fritas do *camping*. Meu pai deve ter ido comprar seus jornais: todos os dias, o *Charente Libre*, toda quarta-feira, o *Le Canard Enchaîné*, de vez em quando, o *L'Équipe*, geralmente depois dos jogos de campeonato, mas não há partidas de futebol em julho. Minha mãe deve ter ido com ele para comprar a edição semanal do *Paris Match*. Imagino os dois sentados no L'Escale, tomando um café. Mais tarde, meu pai irá ao encontro de Christian, ficará ao lado do caminhão, para bater papo assim que a fila de clientes acabar. Minha mãe, por sua vez, dará uma volta para os lados de Saint-Sauveur, ela gosta dessa praia, que os turistas frequentam pouco porque é estreita e quase sempre cheia de algas.

Encontro um resto de café e o aqueço, enquanto tento sair do torpor. Pela janela, o céu está de um azul elétrico. A solidão da manhã, na casa, me agrada. Ela diz: as férias realmente começaram. Ou melhor, a vacância. Quer dizer, a inatividade, a inutilidade, a preguiça, o silêncio.

Quando penso nisso, era maravilhoso não ter nada para fazer, ser improdutivo, ficar na moleza, na inércia, não ser incomodado por nada, nem por ninguém. Era maravilhoso que, de repente, a existência inteira não tivesse objetivo, nem propósito.

Fico um bom tempo com os cotovelos apoiados na toalha da mesa da cozinha, a xícara nas mãos, o olhar perdido no vazio, sem nenhum pensamento, nem mesmo considerando como passar o dia. Uma mosca se aproxima de um pote de geleia, capturando toda a minha atenção.

Finalmente me levanto para despejar o resto do café na pia. Dali, vejo o jardim: Virginie está agachada, embaixo da cerejeira, fazendo alguma coisa. Quando me aproximo, percebo que ela cavou um buraco na grama e o cercou com pedras brancas. Ela está acabando de montar uma cruz com dois galhos pequenos. Pergunto: "Quem estamos enterrando?". Com um movimento de cabeça, ela aponta para um sapo morto. Me interesso: "Ele tem nome?". Ela me olha sem entender. Eu explico: "É preciso dar um nome aos mortos, senão eles morrem duas vezes". Ela pensa um pouco e diz: "Vamos chamá-lo de Sam, então". Não pergunto por quê. Não sei quem podem ser os mortos de uma garotinha. (Eu mesmo não sei quase nada do luto, fui milagrosamente poupado dele, mas isso não vai durar.) Ela coloca o sapo no buraco com extrema delicadeza e o cobre de terra. Eu digo: "Vou nessa, preciso tomar um banho".

Meia hora depois, saio de casa, deixando Virginie sozinha, sentada na mureta de pedras: ela está acostumada. É uma época em que as crianças são deixadas sozinhas em casa sem medo, em que as portas são deixadas abertas, porque se sabe que nada vai acontecer.

Dou uma passada na feira. Meu pai está ao lado do caminhão, enquanto Christian atende os clientes. Quando chego perto deles, faço uma saudação geral. François me pergunta se dormi bem. Depois, conversamos um pouco. Não me surpreende vê-lo com o avental de açougueiro, mas, com essa roupa, ele não é exatamente a mesma pessoa. Percebo as manchas de sangue na altura de sua barriga, observo suas mãos manuseando a carne, vejo que ele está concentrado, preocupado em fazer tudo direito, em agradar o pai. Não, ele não é exatamente ele mesmo. Não fico por ali. Digo: "Vou dar uma volta". Ninguém presta atenção.

Um pouco mais tarde, durante minhas andanças, topo com Nicolas por acaso, sentado no banquinho que fica ao pé da estátua da Virgem, empurrando distraidamente com o pé direito os ramos de pinheiro que cobrem o chão. A cena é um tanto estranha. Primeiro, ele não me vê. Está com um *walkman* nos ouvidos: a música provavelmente o isola do mundo exterior. Quando me aproximo, ele finalmente percebe minha presença e tira os fones. Pergunto: "O que você está ouvindo?". Ele responde: "Barbara". Fico surpreso: "É música de velho. E não é deprimente?". Ele também fica surpreso: "Não acho". Murmuro: "Posso me sentar?". Ele faz um gesto afirmativo. Ficamos no banco, sem falar. Não nos incomodamos com o silêncio.

A certa altura, o telefone da cabine logo ao lado começa a tocar. Alguém deve ter discado o número errado. Não nos mexemos. Penso em François. Se ele nos visse, provavelmente diria: "Sério que vocês não têm nada melhor para fazer?".

(Hoje, eu sei, essa deliciosa inatividade era enganosa.)

No dia seguinte, já perto do final da tarde, a garota da praia volta a aparecer.

Estamos no L'Escale, bebendo umas cervejas. Nada de mais. Quando digo "estamos" quero dizer François, Christophe, Nicolas e eu, claro.

Nicolas é quem a vê primeiro. Imediatamente, ele dá uma cotovelada em François (de leve, sem exagero). Quatro rostos se viram para a garota (na noite anterior, colocamos Christophe a par de sua existência, François não conseguiu deixar de falar sobre ela, estava queimando por dentro, é impressionante o quanto isso o consumia, como se fosse uma obsessão erótica, ou talvez não fosse só uma obsessão erótica, vai saber). Quatro rostos que se viram ao mesmo tempo dificilmente passam despercebidos. Ela finge não notar (mas só um cego não perceberia). Rodopia em uma leve saia xadrez e algo que parece um *collant* de bailarina. Está usando sandálias douradas (as sandálias douradas me marcaram, não sei por quê). Acompanha os pais e o cara de vinte anos. Mãe e filha se dirigem ao expositor de cartões-postais e o fazem girar, há cartões horríveis, mostrando bundas de mulheres, nuas e bronzeadas, marcadas por maiôs cavados, outros com receitas típicas da região. O pai, por sua vez, examina um mostruário de livros, um misto de *best-sellers* do momento, livros de bolso, biografias de homens famosos, ensaios sobre a crise. O cara se posta diante das revistas e tenho a impressão de que lança um olhar às pornográficas, embaladas em plástico. Nós tentamos disfarçar: Christophe toma um gole de cerveja com a naturalidade de um elefante em uma loja de porcelana, Nicolas e eu continuamos nossa conversa sobre o navio que acabou de afundar em Auckland, o *Rainbow* alguma coisa, que pertencia ao Greenpeace, só François continua encarando a garota.

O pai folheia um livro, reconheço *À procura do ouro*, de Le Clézio, e sussurra para a esposa: "Todo mundo diz que é bom". Ela responde: "Então leva". E acrescenta: "Dez cartões-postais, está bom assim, não?". Ele faz uma careta para dizer que não sabe. A garota se move com uma graça infinita, parece estar fazendo ponta, talvez seja mesmo bailarina, quem mais faria esse tipo de exercício em um bar de apostas? O cara de vinte anos, por sua vez, comunica: "Vou esperar lá fora". Fica claro que esse tipo de ambiente o incomoda. Quando passa perto de nós, François o encara como faria com um rival. Eu provo-co: "Tem que ir pra cima!". Nicolas tenta amenizar: "Só pode ser o irmão dela, não o namorado, eles são muito parecidos!". Christophe joga um balde de água fria: "Sei não, nem tanto".

Por fim, o trio se reúne para entrar na fila. Na frente deles, uma senhora compra um bilhete da loteria e, enquanto paga, a atendente fala alto com ela: "Os nú-meros de sempre, senhora Morel?". A velha responde: "Um dia eles vão acabar saindo". Um homem vestido de motociclista, com o capacete debaixo do braço, pede pa-pel de enrolar cigarro e tabaco. Depois é a vez da pequena família. O pai paga as compras. A atendente pergunta: "Coloco tudo em um bolso?". O pai não entende, não sabe que, ali, "um bolso" significa um saco plástico; ela esclarece. Ele concorda: "Ah, OK, pode ser um bolso". Imediatamente, pensamos: parisienses, com certeza.

Essa revelação deveria tornar a garota levemente desprezível – odiamos as "pessoas que vivem na capital", François chega a chamá-las de pragas –, mas é exatamente o contrário, isso lhe confere uma singularidade adicional.

Nos perguntamos o que François pode tentar: abordar a garota? Levantar de repente e esbarrar nela, fingindo que foi sem querer? Segui-la, torcendo para que ela o note? Seja como for, sabemos que ele não vai deixá-la ir embora sem tentar algo. No entanto, ele fica paralisado, as mãos na caneca de cerveja, miserável, derrotado.

Quando as chances parecem ter se esvaído, Nicolas se levanta e agarra a garota pelo braço, no momento em que seus pais saem do bar e chegam à praça, banhada de sol. O que me espanta é que ela mal parece surpresa. Eu poderia apostar que estava esperando esse movimento, essa tentativa. Nicolas diz tranquilamente: "Vamos ao baile do 14 de Julho em Saint-Martin hoje à noite, você vai?". (Ele inventou essa mentira na hora, e isso me desconcerta: se me perguntassem, eu teria jurado que nem a invenção nem a mentira faziam parte de sua natureza.) Ela o observa, depois olha para nós, constrangidos, silenciosos, ao redor da mesa. Ela responde: "A gente se encontra lá às dez?". Nicolas concorda, sem demonstrar qualquer emoção: "Dez horas está bom".

Ela sai rapidamente. Talvez para que os pais não fiquem intrigados com o tempo que leva para sair. Nós nos olhamos, impressionados com a ousadia de Nicolas, observamos a reação de François, estamos atônitos. Então ela reaparece. Diz: "Ah, meu nome é Alice". Cada um de nós, em resposta, diz seu próprio nome, como alunos do ensino fundamental respondendo "Presente!" ao chamado do professor. Ela sorri para nós e sai, não sem antes rodopiar a saia xadrez mais uma vez. Nos perguntamos se não foi um sonho.

François murmura: "Retiro o que disse sobre o baile de 14 de Julho".

A hora que antecede nossa partida para o baile tem algo de ridículo e tocante. Observo François enquanto se prepara, sem dar margem ao acaso. Primeiro ele faz a barba, meticulosamente. No espelho, verifica se não sobra nenhum pelo rebelde e, querendo fazer tudo com perfeição, obviamente se corta no queixo. É apenas um arranhão, o sangramento cessa em seguida. Ele enxerga uma ferida imensa que logo será coberta por uma crosta indesejável e se lamenta: "Ela só vai ter olhos pra isso, tenho certeza!". Busca soluções: "Sua mãe não tem um creme ou, sei lá, maquiagem para esconder a cicatriz?". Respondo que não e percebo nele um claro início de pânico. Fico tentado a rir, mas minha zombaria só agravaria a situação. Depois, ele passa gel no cabelo, puxando-o para trás. Ele tem uma cabeleira espessa, negra, sedosa, que mereceria ser deixada em liberdade. Subitamente, ele parece o John Travolta em *Grease*. Comento isso, ele diz que eu não entendo nada. Chega a acrescentar, com uma leve crueldade que não é característica dele: "Desde quando você sabe do que as meninas gostam?". Eu não insisto. Embora esteja convencido de estar certo. Então ele se perfuma, sem economizar na dose. Formulo um desejo secreto: que o cheiro (de sândalo?) se dissipe até chegarmos lá. Para a roupa, felizmente, ele opta pelo clássico: jeans, camiseta branca, jaqueta também jeans, tênis brancos. Agora ele parece Pierre Cosso em *La Boum 2*. Não faço nenhum comentário: eu era vagamente apaixonado por Pierre Cosso no filme *No tempo dos namorados 2*.

(Quando penso nisso, depois de tantos anos, acho esse momento incrivelmente comovente: tínhamos dezoito anos, o que queríamos era agradar às garotas, ou aos garotos, essa, inclusive, era a coisa mais importante, o resto não contava nem um pouco, vivíamos nessa inconsciência maravilhosa, nessa submissão a nossos hormônios, nessa submissão também ao momento. Depois envelhecemos e perdemos isto: a vida que se resume inteiramente à futilidade.)

Temos que negociar com nossos pais o empréstimo de um carro e a hora do toque de recolher (porque eles insistem em agir como pais, impondo regras, com a sabedoria que, segundo eles, nos faltaria – e nós aceitamos essa divisão de papéis, não somos rebeldes, somos apenas uns marmanjos meio bobos). Estranhamente, a negociação é fácil. Christian logo diz, como se fosse óbvio: "É só pegar o Kadett". O Kadett é o carro que Anne-Marie usa no verão para ir a Rivedoux. É verdade que já tem cento e trinta mil quilômetros rodados, é meio bege, a pintura está riscada, a porta traseira, amassada, mas funciona – nos levará até Saint-Martin e nos trará de volta, o que importa é isso. Meu pai acrescenta: "Voltem no máximo às duas da manhã!". Ficamos perplexos, esperávamos um "meia-noite" firme e definitivo, já nos preparávamos para negociar como vendedores ambulantes por mais uma hora, a proposta é inesperada. Juramos com a mão no coração (como se aceitássemos os termos de um acordo de paz internacional): "Podem confiar na gente". Nenhum dos adultos acrescenta: "E quem dirigir não bebe uma gota de álcool". Estamos em 1985, dirigir por estradas rurais depois de beber não parece assustar ninguém. Os tempos mudaram.

Quando entramos no carro, Virginie está parada na frente do portão. Ela suplica: "Não posso ir com vocês?". Sabe que vamos responder que não, mas tenta mesmo assim. Tenta porque a solidão de seus treze anos às vezes pesa. Velha demais para ser tratada como uma criança pelos pais, que, aliás, trabalham demais e lhe dão pouca atenção, e nova demais para ter acesso ao intrigante universo dos adolescentes mais velhos, ela está presa numa espécie de limbo doloroso. Com sua súplica, ela também demonstra, acredito, o carinho que sente por mim, o garoto ocasional, aquele que a ajuda a enterrar sapos mortos. Não digo: "Você é muito nova". Coloco minha mão na coxa de François para que ele também não diga essa frase inconveniente (os mais velhos podem ser bastante cruéis). Em vez disso, faço uma promessa solene: "A gente vai trazer algo da festa pra você, prometo".

Enquanto nos afastamos, vejo-a pelo retrovisor. É uma imagem um pouco doída, admito. Depois ela vai se sentar na mureta de pedras.

Primeiro, vamos pegar Christophe. Buzinamos na frente da casa, ele aparece alguns segundos depois. Ele também colocou gel no cabelo, mas só nas laterais: com suas bochechas grandes, não fica muito bem. Quando se senta no banco de trás, ele exclama: "Caramba, eu tinha esquecido como essa lata velha é uma porcaria". François rebate na hora: "Prefere ir de motoca?". Christophe me lança um olhar de náufrago pelo retrovisor.

François me diz o endereço de Nicolas (nunca fui à casa dele). É na Rua Chênes, um pouco longe, numa espécie de loteamento. Nicolas nos espera na beira da estrada, encostado em um poste de luz, fumando um cigarro. Eu pergunto: "Está aqui há muito tempo?". Ele dá de ombros: "Não sei, uns quinze minutos talvez". Acho estranho: "Eu disse que ia buzinar". Fico me perguntando se ele ficou na rua para não conhecermos sua mãe, ou porque tem vergonha do lugar onde mora, ou porque prefere ficar sozinho.

Para chegar a Saint-Martin, pegamos a estrada regional, que passa por bosques de pinheiros e cedros, vinhedos e terrenos baldios, desviando dos buracos (na época, não existiam asfaltos perfeitos, nem ciclovias, o dinheiro ainda não havia chegado à ilha e a ecologia também não). Firmo bem as mãos no volante, como o instrutor ensinou, e respeito os limites de velocidade (eu ainda era obediente – o velho complexo de bom aluno –, também me sentia responsável por outras pessoas). A noite cai lentamente, é a hora de que mais gosto, quando o céu fica rosa e o frescor substitui o calor.

Com a janela aberta, o braço para fora, o rosto voltado para o mar, François não resiste ao pequeno jogo de previsões e perguntas em série: "Se ela aceitou, é porque gostou da gente, não? Vocês acham que ela vai estar como? E você, Nicolas, tem certeza que aquele é o irmão dela, o loiro?".

Tentamos moderar seu entusiasmo. Intuímos que, com garotas, a única certeza é que nada nunca está garantido.

François não nos escuta: "Estou dizendo que ela gostou da gente".

O baile acontece no pequeno parque de La Barbette, ao longo das muralhas, na entrada da cidade. Pobre Vauban, que imaginava estar defendendo o lugar de invasões inimigas; hoje sua fortificação contém os ataques de uma multidão que veio para dançar. Os gramados foram transformados em uma gigantesca pista de dança ao ar livre, delimitada por luzes decorativas. Amanhã, a grama estará pisoteada, arrancada, coberta de lixo, e provavelmente levará um tempo para recuperar sua aparência normal. Por enquanto, guirlandas de lâmpadas coloridas pendem de postes e árvores. As janelas das casas vizinhas estão decoradas com bandeiras tricolores. Ao redor, foram montadas cabanas de pescador que abrigam barracas de *waffles*, crepes, churros, algodão doce, maçãs do amor e sanduíches de carne desfiada e presunto. Há também um balcão de bebidas, bastante disputado, onde se serve cerveja de barril e vinho de caixa em copos plásticos. A pista está cheia de pessoas de todas as idades, gesticulando sob as ordens de um DJ tagarela chamado Didier (ele repete seu nome: "Didier apresenta", seguido do nome de uma música, "Didier arrasa", "Didier faz você viajar", "Didier está no controle hoje"). Quando chegamos, Jean-Pierre Mader acaba de cantar "Macumba" e Didier começa a tocar "Live Is Life", a música do grupo Opus "que está no

Top 50" (o que, obviamente, é um argumento irrefutável). François toma a dianteira: "Eu avisei que ia ser brega". Nicolas olha na direção do porto, observa os mastros dos barcos de lazer e a fachada da capitania, iluminada por holofotes. Segue o voo de um balão inflável em direção ao alto-mar. Murmura, mas a música alta cobre sua voz, de modo que não temos certeza se entendemos direito: "Eu acho bonito, estou feliz de estar aqui".

François observa a multidão, tentando encontrar a silhueta de Alice. Vou repetir, porque as pessoas esquecem, já não conseguimos mais acreditar que isso foi possível um dia: na época não tínhamos celulares, era impossível encontrar uma pessoa na hora, se não nos encontrássemos no lugar combinado não podíamos nos ligar para nos encontrarmos, o acaso ainda existia, a incerteza, o risco de nos perdermos, ou até mesmo de sermos deixados na mão.

De repente, o cara de vinte se posta na nossa frente. Uma preocupação toma conta do grupo. Por que ele? Por que ele e não Alice? Será que ele veio anunciar que ela não vai aparecer? Dizer que a namorada não está disponível? Diante de nossas caras desapontadas, ele se inclina para Nicolas e grita em seu ouvido (o refrão de "Live Is Life" recomeça nesse exato momento): "Vocês devem estar procurando minha irmã". Não tendo ouvido suas palavras, François esboça um olhar inquisidor. Nicolas, por sua vez, responde gritando seu nome no ouvido do cara, seguido de um "prazer", e em seguida se vira para nós e explica a situação. O alívio é geral, e provavelmente mais pronunciado em François. Nenhum rival à vista. Ele quase poderia beijar o bonitão, em todo caso ele já o adora. Marc – esse é o nome dele

– diz "Venham comigo", o que fazemos sem discutir, em fila indiana.

Abrimos caminho pela multidão, com alguma dificuldade, desviando para não derrubar os copos de cerveja que as pessoas seguram enquanto dançam ou para não sermos queimados pelos cigarros. Levamos cotoveladas, pisamos nos pés de estranhos, ganhamos pisões nos pés, François segura minha mão quando estou prestes a ser engolido, avançamos na direção das muralhas. E então, finalmente a vemos... Alice. Ela está sentada numa mureta, bebendo com um canudo o que deve ser uma Coca-Cola; ela não nos vê, está numa distração que a torna ainda mais desejável.

Nós todos a beijamos, como se a reencontrássemos depois de um ano sem a vermos. É isso que surge de repente, familiaridade, camaradagem. Alice zomba do gel no cabelo de François. Sem pestanejar, ele responde: "Foi o Philippe que insistiu, ele me disse que ficaria melhor". Apesar do golpe baixo, não o traio. Percebo que Christophe, na mesma hora, esfrega as têmporas para se livrar do próprio gel. Nicolas sorri. Ele definitivamente fica bonito quando sorri, e mais ainda porque não faz a menor ideia disso e não tem noção da própria beleza. Estamos felizes. Sentimos um perfume de açúcar e sal no ar. De maçã do amor e mar.

No entanto, não sabemos nada sobre ela. Alice. Então começamos a bombardeá-la de perguntas. Descobrimos que tem dezessete anos e meio (ela faz questão do meio), acabou de passar no *bac* e em setembro vai começar o primeiro ano de filô em Nanterre. Ela diz "Nanterre" como se todos soubessem do que se trata. Ela diz "filô" e isso nos soa incrivelmente estranho. Marc, seu irmão, tem apenas um ano a mais, está cursando matemática e, quando fala sobre isso, fica claro que não está muito empolgado. Nós, embora não demonstremos, ficamos impressionados; já nos martelaram o suficiente que os matemáticos são a elite. Os irmãos moram com os pais no 14º *arrondissement*, "perto da Rua Daguerre". Isso também não nos diz nada. Somos provincianos, nenhum de nós jamais pisou em Paris, é realmente outro mundo para nós, um mundo que não nos interessa ou ao qual pensamos não ter acesso, sem qualquer lamento por isso. O pai deles é executivo em La Défense. Percebendo a extensão de nossa ignorância, ela acrescenta: "É o centro financeiro, estão construindo torres novas todos os dias, é uma loucura, abriram um shopping gigante há três anos, Les Quatre Temps, vocês devem conhecer". Não conhecemos. Marc e ela fazem uma cara de espanto. Fora isso, a mãe deles é psicóloga. Ficamos surpresos. Ou intimidados, sem saber direito por quê. Pessoalmente, imagino-a recebendo os pacientes em um grande apartamento branco com relevos decorativos no teto. Definitivamente, essas pessoas não são como nós.

De nossa parte, passamos rapidamente por nossas credenciais. François e Christophe mencionam apenas que trabalham com os pais, sem entrar em detalhes. Nicolas murmura que reprovou no *bac*. Tento não dar destaque à classe preparatória que acabo de terminar nem à escola de negócios que me espera. No entanto, percebo que meu percurso interessa aos nossos novos amigos. Eles parecem pensar: este poderia ser um dos nossos. Já carrego o estigma do trânsfuga de classe. Sou aquele que poderá traí-los e se juntar aos outros. Então prefiro insistir em minhas raízes provincianas, para que saibam de qual lado estou.

Depois dessas apresentações, poderíamos ficar tentados a nos afastar: afinal, eles são burgueses e nós não, eles são parisienses e nós não, eles estão apenas de passagem e irão embora, enquanto três de nós ficarão. Só que não. Apesar dessas diferenças, ou talvez por causa delas, a fusão parece acontecer. O clima festivo provavelmente ajuda. Quem resistiria a Madonna e a "Like a Virgin"? Quem não se deixaria levar pela magia de uma *legging* roxa de lycra, de um blazer com ombreiras, de uma bandana vermelha no bolso de trás do jeans ou de uma pochete, todos imersos nas mesmas vibrações, no mesmo instante?

François diz: "Esse Didier manda bem, na real. Vamos acabar achando ele legal".

Didier manda tão bem que também nos precipitamos sobre a grama maltratada, sob as guirlandas multicoloridas, e começamos a dançar, sim, dançar. Nicolas, com seu corpo longilíneo, executa uma ondulação um tanto preguiçosa, sempre atrasada em relação à música, defasada, mas tremendamente charmosa. Christophe, com seus quilos a mais, transpira; manchas de suor se formam sob suas axilas, gotas escorrem por sua testa, mas ele mantém o ritmo e, sem dúvida, é o que melhor se sai entre os rapazes. François dança para seduzir, o movimento de seus quadris é de um sensualismo evidente. Marc fecha os olhos, como se estivesse possuído pela música (será que alguém pode realmente ser possuído por Bibie cantando "Tout doucement"?). Quanto a mim, estou duro feito um poste, francamente ridículo. Alice tem uma graça natural. Ninguém se surpreende.

Também bebemos. Muito. Um de cada vez, vamos buscar cervejas e voltamos equilibrando seis copos plásticos, uns contra os outros, o que é bastante arriscado, mas ninguém deixa cair a preciosa bebida e podemos continuar com tudo, na embriaguez e na dança.

Em certo momento, bebi tanto que sinto vontade de me aliviar. Nicolas diz: "Vou com você". Como não conseguimos encontrar os banheiros químicos, Nicolas toma a iniciativa: "Vem comigo, tenho uma ideia". E subimos as muralhas. E mijamos no mar. Estamos ali, lado a lado, rindo, com o pau para fora, e miramos no alto-mar. Quem conseguir mijar mais longe ganha.

Quando terminamos e nos preparamos para descer, vejo Nicolas cambalear, tropeçar. Agarro seu braço na mesma hora, de maneira um pouco brusca, confesso, apavorado com a ideia de que ele caia na água, vários metros abaixo. Ele cai na gargalhada: "Você precisava ver a sua cara! Eu não teria caído, sabe". Dou uma bronca nele: "Você ri, mas isso já aconteceu, todo verão tem os que querem se exibir e acabam caindo, e alguns até morrem, por causa das pedras lá embaixo e da pouca profundidade". Ele continua rindo: "Admita que seria uma bela morte". Resmungo: "É, tá certo, agora vamos voltar, é melhor assim".

Um pouco antes da meia-noite, um rumor se espalha pela pista e ganha força: os fogos de artifício vão começar. E, de repente, sem aviso, estouram. A partir de dois barcos ancorados a cerca de cem metros, tem início, com um barulho ensurdecedor, uma sequência de bombas, buquês, cascatas, sóis e labaredas. O show pirotécnico é criativo: vemos peônias, palmeiras, salgueiros chorões e explosões. As pessoas se maravilham, depois de cada disparo, com os rastros luminosos no céu.

Marc, que está a meu lado, adota um tom professoral: "Você sabia que o princípio básico é a combustão pirotécnica, derivada da pólvora que Marco Polo trouxe da China?". Faço uma careta: "É mesmo?". Ele continua, sem prestar atenção: "Na verdade, há um composto oxidante, como o nitrato, que libera oxigênio, e um composto redutor, enxofre com carbono, que serve de combustível". Me viro para ele, sem saber o que pensar de seu tom didático. Ele olha para os fogos: "A explosão leva os compostos metálicos a altas temperaturas, e é isso que produz as cores". Eu o provoco: "É isso que se aprende no curso de matemática?". Dessa vez ele se vira para mim e sorri. Seu sorriso me desconcerta. É nesse momento que explode o buquê final. Todos têm os olhos fixos no céu negro iluminado pela chuva de estrelas.

Então, depois de um segundo de silêncio, um trovão de aplausos explode. Alguém comemora: "Este ano eles capricharam!". Outro complementa: "A prefeitura realmente não economizou". Uma senhorinha parece emocionada: "Sempre tenho a mesma reação".

François se impacienta: "Vamos voltar pra pista?". Ele não perdeu de vista seu objetivo: seduzir Alice.

Didier, definitivamente em boa forma, é seu aliado, alternando os sucessos do momento: "Johnny Johnny", de Jeanne Mas, segue "When The Rain Begins To Fall", de Jermaine Jackson e Pia Zadora. Já temos a impressão de que os anos 1980, em termos de música, podem passar para a história como o suprassumo do mau gosto. No entanto, esse mau gosto nos encanta. Ele atesta a abdicação de nossa inteligência, mas essa abdicação é uma condição indispensável para o corpo se entregar a uma espécie de transe.

François tenta se aproximar de Alice, mas ela se esquiva. No começo, penso que não quer se deixar dominar, que deseja manter o controle da situação (vejo força nela, a exigência teimosa de não se submeter). Depois, penso que pode estar tentando brincar com o desejo de seu pretendente. Mas talvez sua resistência tenha uma explicação bem diferente: e se fosse Nicolas que a interessasse, em vez de François? E se ela se sentisse atraída por aquele que agarrou seu braço no L'Escale, aquele que fez o convite? É verdade que Nicolas parece viver em seu próprio mundinho, apartado da multidão agitada a seu redor, e imagino que essa singularidade possa seduzir Alice. Em todo caso, ela lhe lança olhares vagamente sedutores, que ele, por sua vez, não percebe.

A música continua, mas a multidão começa a se dispersar. Vemos os adultos indo para os estacionamentos ou voltando para casa a pé, alguns precisando de apoio para caminhar. Os que ficam são os mais jovens. Didier agora está tocando *house*, o que indica que passamos para outra dimensão. Me afasto um pouco para me sentar na grama. Christophe, que me vê, faz o mesmo. E Nicolas o segue. Estamos assim, agachados, formando um círculo, exaustos, suados, embriagados; a fumaça doce dos churros gruda em nossas roupas. De longe vemos François olhando para Alice, Alice olhando em nossa direção, e Marc, que continua dançando com os olhos fechados. Penso que estamos caminhando para uma encrenca.

Por volta de uma e meia, sou eu quem dá o sinal para ir embora. Somos filhos obedientes, vamos cumprir nossa promessa. Antes de chegarmos ao carro, minha atenção é atraída pelo quiosque de pelúcias: me aproximo para comprar um Caco, o Sapo, que, espero, faça a felicidade de Virginie. Essa promessa também vou cumprir. E então, diante do Kadett, nos despedimos. Nos beijamos novamente, e dessa vez o cansaço supera a empolgação.

François pergunta a Alice: "Nos vemos quando?".

Na manhã seguinte, enquanto François está na feira com o pai, cortando carne, e apesar da dor de cabeça que não me deixa, decido visitar Nicolas. A julgar pelos olhares que eles me lançam, meus pais se surpreendem por me ver sair tão cedo, provavelmente esperavam que eu ficasse lagarteando ao sol, no jardim, até a hora do almoço, ou, talvez, que passasse um tempo com Virginie (que, a propósito, adorou o presente que lhe dei); eles também se surpreendem por me ver sair a pé, embora eu pudesse pegar uma das muitas bicicletas da casa, e ainda por cima sem mencionar meu destino, mas se abstêm de expressar mais concretamente sua surpresa. Na verdade, as férias são propícias para uma flexibilização generalizada, e o filho deles, ao que tudo indica, é o menor de seus problemas, o que me convém.

Ainda assim, tomada por uma onda de culpa, minha mãe tem tempo de me gritar, logo antes de eu desaparecer: "Leva um boné, anunciaram 36 graus para a tarde". Esse resquício de zelo materno poderia me comover, não fosse o fato de ser completamente anulada pelo absurdo da sugestão: eu, de boné?

No caminho, cruzo com alguns turistas sem camisa, toalha de praia no ombro, chinelos fluorescentes nos pés, que se dirigem, em ondas sucessivas, para Les Grenettes.

Um deles, com óculos escuros aviador, me encara. No entanto, não sou nada para ele. Ele deve ter trinta e cinco anos, eu tenho dezoito, há um abismo entre nós. Me encarar é justamente, para ele, uma forma de marcar nossa diferença de idade, a distância entre nós ou uma forma de superioridade. Ele segue em frente e, em resposta a seu olhar insistente, me viro para seguir seu passo arrastado por alguns instantes. Sorrio. Gosto da ideia de que ele não desconfia que um adolescente está admirando seu traseiro e sorrindo. Ele provavelmente me daria um soco na cara se soubesse.

Continuo em direção à Rua Chênes; as pessoas se tornam mais raras, caminho me protegendo à sombra das árvores, minha mãe tinha razão, claro. Até as malvas-rosas sofrem: suas corolas rosadas pendem sobre o asfalto quente.

Quando chego à casa, hesito um pouco, lembro que Nicolas nos esperava do lado de fora na noite anterior, eu havia deduzido que talvez ele não quisesse nos mostrar o lugar onde mora, nos convidar a entrar (François tinha dito "nunca entrei na casa dele"). Decido ficar na calçada e gritar seu nome, esperando que me ouça. Bastam alguns instantes para que ele apareça à porta, o rosto ainda amassado de sono. Exclama: "O que você está fazendo aqui?". Não posso dizer que estava passando por acaso. Então me atenho à verdade: "Queria te ver". (Sim, era rigorosamente exato, algo me impelia até ele, não por desejo, mas pela convicção de que nos entenderíamos bem, que podíamos ser cúmplices.) Ele não hesita: "Vou colocar os tênis, já volto".

Estamos na rua, caminhando lado a lado sem um destino definido, as mãos nos bolsos (sim, enquanto escrevo, nos vejo novamente, é tudo muito claro em minha memória, ambos usamos bermudas jeans, camisetas largas e desbotadas, a imagem está intacta, poderia me fazer chorar feito um bobo). Ele diz: "Como bebemos ontem à noite!". Não se vangloria, não faz disso uma conquista, não é seu estilo; antes, lamenta, preferiria não estar com aquela ressaca.

Depois jogamos conversa fora até que mudo de assunto para o que me preocupa (temos as preocupações da idade e do momento): "Você não acha que Alice...?". Ele não me deixa terminar a pergunta: "Sim". Então eu não tinha sonhado. Continuo: "E você? Quero dizer, você... em relação a ela...". Ele desconversa: "Não sei". De todo modo, ele entendeu minha preocupação: "Você acha que François vai pirar se...?". Concordo com um gesto da cabeça. Não completamos uma frase e já nos entendemos.

Hábil, ele muda de assunto: "Você, em compensação, não percebeu que Marc está interessado em você". Não consigo deixar de exclamar: "Nada a ver!". Como ele sorri, eu o interrogo com o olhar. Ele persiste no silêncio sorridente. Eu sussurro (o reflexo do segredo, da dissimulação): "É sério? Eu não percebi nada disso". Ele chuta uma pedra com a ponta do tênis. Insisto em minha surpresa: "Ele não parece nem um pouco veado". Nicolas se vira para mim: "Tem gente que acha que eu sou veado, mas não se deve confiar nas aparências, cara, logo você deveria saber disso". Eu o corrijo: "Você não é veado, é feminino, é outra coisa. Atenção, vindo de mim isso é um elogio". Ele ri: "Se é um elogio, então...". Me arrependo de ter usado o adjetivo "feminino", deveria ter dito elegante, delicado. Talvez o tenha ofendido. Não sei como consertar isso. Para mudar de assunto, volto a falar de Marc: "Então, você acha que Marc…". Nicolas me interrompe: "Ele te atrai?". Eu gaguejo: "Não sei, não pensei sobre isso". Ele conclui, sorrindo novamente: "Viu só, estamos na mesma situação".

(Nessa fase de nossas vidas, estávamos presos em uma contradição fundamental: queríamos seduzir, viver romances, éramos guiados por nossa inexperiente libido, mas, na maioria das vezes, ficávamos na incerteza, no meio-termo, numa espécie de zona cinzenta, faltava-nos determinação, discernimento ou energia, ou os três ao mesmo tempo e, no fim, muitas vezes preferíamos a companhia dos amigos ao amor e ao sexo, era menos complicado, menos exaustivo.)

Depois, percorremos um caminho pedregoso que passa por campos queimados pelo sol. Nenhuma casa nas redondezas. Nenhuma alma. Nenhuma brisa. E nenhuma palavra trocada. Apenas o som de nossas solas levantando poeira. Nicolas parece perdido em pensamentos. Eu o observo: "Está pensando no quê?". Com os olhos fixos nos sapatos, ele responde: "Estava me perguntando, como foi quando você anunciou que era *gay*?". Começo a contar, sem pestanejar: "Foi no colégio, no ano passado". Ele me interrompe, surpreso: "Fazer isso no ano do *bac*, que coragem. Devem ter te infernizado muito". Eu suavizo: "Eles já tinham entendido, de qualquer forma. Não fui particularmente corajoso, sabe? Precisei de coragem mais tarde, para aguentar as piadas sem graça e os xingamentos". Ele pergunta: "E esse ano, na classe preparatória, foi a mesma coisa?". Respondo: "O que mais tinha era intimidação. Ficam repetindo que você não pertence àquele lugar. Que deveria desistir. Que o mundo dos negócios não é pra gente como você. Sabe como é…". Ele murmura: "Sei como é…".

O silêncio volta. O perfil de Nicolas está escondido por seus cabelos. Eu poderia ficar desconcertado por estarmos tendo essa conversa, quero dizer: uma conversa íntima; afinal, só o conheço há alguns dias. Mas não fico. Essa simplicidade me parece natural, não foi buscada, construída, nem bloqueada, simplesmente aconteceu, surgiu, só isso.

Ele pergunta: "Você já teve muitos namorados?". Me atenho ao essencial: "Só tive um que realmente importou". Ele murmura, pensativo, ou admirado: "Um já é bom…". Eu digo: "É, mas acabou. Ele se chamava Thomas". De novo, o silêncio. E então, arrisco: "Posso te confessar uma coisa?". Ele se vira para mim e diz: "Sim". Acrescento: "Você não vai rir de mim, jura?". Ele jura. Eu digo: "Eu quis me matar quando ele me deixou". O rosto dele, estranhamente, permanece impassível. "Eu estava convencido de que seríamos felizes para sempre, não aguentei, achei muito injusto. Que bobagem, né?". Ele diz: "Não, não é bobagem, é bonito".

No início da tarde, vou buscar François. Sua disposição me impressiona. O cara dormiu apenas três horas, passou a manhã inteira trabalhando duro e parece mais firme que um touro prestes a entrar na arena. Ele ainda tem energia para me dar uma ordem: "Vamos direto pro quiosque de fritas, minha mãe acabou de ligar, está um caos, falta gente para ajudar". Subimos na sua moto e seguimos para Rivedoux.

Eu me agarro a ele; apesar da velocidade e das falhas do motor, não tenho medo, sei que não estou em perigo. Lembro que, quando éramos pequenos, era assim também: no parque de diversões, no carrinho bate-bate, era ele que dirigia, que batia nos outros, e eu confiava nele; na roda-gigante, ele gritava levantando os braços e meu medo desaparecia; na época das marés altas ele se jogava nas ondas, me arrastava junto e eu me deixava levar.

As paisagens que atravessamos são familiares, estradas retas, planas, margeadas de cedros, azinheiras e pinheiros-bravos que parecem esculpidos pelo vento e pelas brisas do mar. Isso também me leva de volta à infância: tudo estava igual, nada havia mudado, exceto que agora andávamos de moto. Me pergunto por que sou invadido por uma onda tão forte de nostalgia. Talvez eu tenha a intuição de que esse equilíbrio poderia ser ameaçado.

Dez minutos depois, estamos no quiosque de batatas fritas, onde uma fila se tinha se formado. O *camping* está lotado, e o quiosque Chez Anne-Marie é o lugar onde se pode comprar bebidas frescas, sorvetes, *donuts*, doces, sanduíches, saladas e, claro, as famosas porções de fritas, generosas, transbordantes e salpicadas de sal.

François é requisitado na cozinha para descascar as batatas e depois passá-las pela cortadora manual. Não parece nada, mas é um trabalho de cão, que exige muita resistência. A mim ninguém pede para me envolver, já faz tempo que decidiram que eu seria incapaz. Não, eu fico ajudando a Anne-Marie a embalar e cobrar a comida. Sempre gostei disso, de brincar de vendedor. Com doze anos, já era encarregado do troco e cumpria minha tarefa com rigor exemplar. Essa habilidade nunca foi questionada.

Uma hora e meia depois, o primeiro pico de movimento passou, tudo deve ficar mais calmo até o início da noite, quando as pessoas voltarem da praia. François e eu somos autorizados pela rainha-mãe a tirar os aventais. Imediatamente, nos dirigimos para o L'Ambiance, bar localizado bem na frente do *camping*, do outro lado da estrada principal. O lugar ainda mantém o estilo original. Para garotos como nós, há um pebolim, duas máquinas de *pinball* e vários fliperamas. Sem nem nos consultarmos, nos posicionamos lado a lado na frente de uma máquina, inserimos uma moeda de dois francos e pegamos os controles para iniciar uma alucinante corrida de carros, excitados pelos sons de aceleração, frenagem e pelo rangido dos pneus saindo das caixas de som.

É nesse momento, enquanto se dedica à competição feroz, que François começa a falar de Alice: "Marcamos um encontro hoje no L'Escale, às seis da tarde". Depois dessa revelação, meu carro bate. Ele me repreende: "Presta atenção!". E explica: "Ela passou na feira de manhã, com os pais e o irmão, fui eu que sugeri, ela aceitou". Não consigo conter um: "Sério?". Ele estranha minha surpresa: "Por que ela não aceitaria? A gente se divertiu muito ontem à noite, agora ela faz parte do grupo, e acho que ela gosta de mim". Tento evitar outro acidente. Murmuro: "Ela disse isso?". Ele não entende. Eu explico: "Ela disse que gosta de você?". Ele dá de ombros: "Não é o tipo de coisa que se diz". Eu penso: talvez eu tenha me enganado, talvez o interesse dela por Nicolas fosse apenas uma distração, talvez o verdadeiro alvo seja François, a sedução às vezes toma caminhos inesperados.

Enquanto segura com firmeza o volante para evitar sair da pista, ele acrescenta: "Ela sugeriu que todo mundo se encontrasse". Então eu penso: talvez eu não tenha me enganado, se ela tivesse algum interesse por François teria aceitado o encontro a sós; ao pedir para reunir o grupo, está apenas criando uma oportunidade para rever Nicolas.

Sinto então o dever de moderar o entusiasmo do meu amigo de infância, para evitar futuras decepções. Murmuro: "Ela também gosta de Nicolas…". No mesmo instante, François cai na gargalhada: "Ele? Atrair uma garota? Tá viajando. As garotas gostam de caras que se garantem. Ele tem um lado frouxo, você tem que admitir". Protesto: "Não, eu não acho, é verdade que ele parece um pouco frágil, mas isso não quer dizer que seja frouxo". Ele me interrompe: "Eu gosto dele, mas ele é um frouxo, pode crer".

Ofendido por sua ferocidade desinibida, como se me atingisse também (e, no fundo, há algo disso: não estou apenas defendendo o fraco injustamente atacado, estou me projetando nele), eu digo: "E quem garante que ele não está interessado em Alice?". Imediatamente, me arrependo. Primeiro porque estou afirmando algo de que não tenho certeza, segundo porque estou colocando Nicolas na linha de fogo e, por fim, porque percebo – tarde demais – que estou me metendo em algo que não me diz respeito.

François solta outra gargalhada: "Desde quando ele se interessa por garotas?!". Sua pergunta me desconcerta: ele acha que Nicolas prefere garotos? Lembro que, pela manhã, o próprio Nicolas me disse: "Tem gente que acha que sou veado". Será que François fez alguma insinuação nesse sentido? Ele dissipa minhas dúvidas: "O cara é um solitário, não tem amigos, se eu não tivesse puxado papo com ele no inverno, ele não falaria com ninguém aqui na ilha, e ainda faz uns desenhos muito estranhos, sério, ele vive num mundo só dele".

Ele cerra o punho porque acaba de realizar na tela uma manobra difícil com seu carro de corrida. A vitória não tem relação com o que ele acaba de falar, é apenas simultânea à história que está contando, mas não consigo deixar de ver nela uma metáfora da relação entre eles, e também um símbolo do que ele mesmo representa. François é o durão, o que está no controle. Ele apenas confirma seu *status* de maneira retumbante.

E então ele acrescenta uma frase infeliz (os vencedores nunca sabem quando parar, é esse excesso que geralmente causa sua ruína): "De qualquer forma, fui eu que vi Alice primeiro".

Encerro a questão: "Só tendo sete anos de idade mental para dizer uma bobagem dessas".

À noite, como combinado, nos encontramos no L'Escale. Nós, rapazes, chegamos primeiro. Ficamos do lado de fora, na Praça Tilleuls, perto do carrossel, onde uma garotinha se esforça sem sucesso para pegar a cauda do Mickey, enquanto sua mãe fuma um Royale Menthol (reconheci o maço, minha mãe fumou o mesmo por muito tempo), encorajando-a distraidamente. François e Nicolas, que também fumam seus cigarros, não conseguem deixar de se observar com desconfiança, e eu percebo que provavelmente sou o responsável por essa nova tensão. Tento manter a conversa com Christophe, que por sua vez parece não notar nada. Pergunto se a pesca foi boa pela manhã. Ele não se faz de rogado para contar: "Tivemos sorte, colocamos as redes no lugar certo e as correntes marinhas nos ajudaram bastante, conseguimos puxar bastante robalo e solha, tem dias assim". Só que ninguém realmente o escuta. Mas é preciso encontrar uma maneira de passar o tempo até a tão esperada, ou temida, chegada de Alice.

Ela finalmente chega, dez minutos depois. A garota do verão usa um macacão jeans e todos concordamos que essa roupa é perfeita para ela. Marc a segue, noto que ele usa um *short* bege e uma camiseta branca que destaca seu peito, Nicolas me dirige um breve sorriso de cumplicidade quando percebe meu olhar curioso, intrigado.

Vamos nos sentar no café, numa das mesas ao lado da janela de vidro. De lá, temos uma vista privilegiada dos veranistas que voltam de Saint-Sauveur com o guarda-sol a tiracolo e o *cooler* na mão. Perto de nós, dois garotos de doze ou treze anos jogam *pinball*. Percebo a concentração e a gana dos dois, os movimentos de quadril para acompanhar a bola, os dedos que pressionam freneticamente os botões laterais e a irritação de um deles quando a bola desce pelo ralo entre os rebatedores. François os observa e sorri.

Falamos brevemente sobre o baile de 14 de Julho, como se as músicas da festa ainda formassem um eco distante. Então Alice muda de assunto: "Nós fomos ao cinema de tarde, estava quente demais na praia, não queríamos nos queimar. Falando nisso, essa onda de calor vai longe?". Demonstro curiosidade (ótima válvula de escape, a curiosidade): "O que vocês foram ver?". Ela diz: "*Subway*, de Luc Besson. Ah, ele tem o mesmo sobrenome que você, é seu parente?". Faço que não com a cabeça, triste por decepcioná-la. Ela continua: "É muito bom, vocês têm que ver. Tem uma cena genial em que Adjani chega a um jantar de cabelo moicano, fazendo cara feia, seu marido pede para ela sorrir e ela diz: 'Quando eu sorrio, sinto vontade de vomitar, o que você prefere?', e durante o jantar ela arrasa a mulher do prefeito e acaba se levantando da mesa, puxando a toalha e derrubando tudo, sério, vocês *precisam* ver!". Marc complementa: "E tem uma trilha sonora incrível. A música 'It's Only Mystery' não sai da minha cabeça desde então". François finge interesse: "A gente tem que ir". Rindo dessa surpreendente virada de casaca (ele está se acostumando a isso, o amor deixa a pessoa boba), comento: "Pensei que odiasse cinema". Ele dá de ombros: "Nada a ver!". Já não sei o que pensar de seus esforços para conquistar Alice. São ao mesmo tempo comoventes e patéticos.

Depois, a conversa fica desconexa, pulamos de um assunto para outro sem um fio condutor, não terminamos as frases, nos interrompemos, às vezes falamos alto para sermos ouvidos, rimos, movemos as cadeiras, que rangem no chão, é uma bagunça bem-humorada, falamos de François Mitterrand (alguém profetiza: "Ele vai perder feio nas eleições", respondo: "Vamos votar pela primeira vez no ano que vem, conseguem acreditar?". Christophe resmunga: "Tô nem aí, eu não vou votar"), de SOS Racismo e do grande show que aconteceu um mês antes na Place de la Concorde ("A gente estava lá", revela Alice, "foi um grande momento de união", ela adquire uma expressão séria e profunda ao dizer isso, François a imita, eu quase sorrio, claro que a causa é justa, mas achar que um show vai acabar com o racismo me parece infantil, já estou desiludido), de Jean-Paul Kauffmann e Michel Seurat, sequestrados no Líbano (como se a identidade deles fosse indistinguível da situação em que estavam), da faculdade e das grandes escolas, do preço dos *walkmans* ("um absurdo"), do preço da cerveja ("um roubo") e outras coisas mais, que já esqueci.

Durante esses papos, Nicolas é quem fica mais à parte, quase não fala, jogado em sua cadeira, com as pernas abertas, os braços cruzados, penso no que François disse sobre ele, estava certo sobre ser um solitário. Alice o observa regularmente, sorri para ele, às vezes ele responde, na maioria das vezes, não. Marc me encara duas ou três vezes, é agradável e perturbador. François faz o seu grande número, ele tem uma presença marcante, gosto disso nele, mesmo que às vezes ocupe espaço demais.

Eu aproveitaria o momento ao máximo se tivesse certeza de que ele duraria.

E então, por fim, Christophe nos surpreende. Enquanto a conversa volta para a pesca e todos se maravilham com a profissão de pescador, sugerindo ser a mais romântica de todas, ele se irrita: "Parem com isso! É um trabalho hiper-cansativo e repetitivo. Olhem para o meu pai: ele tem quarenta anos, parece que tem sessenta, e se pergunta como aguentar mais vinte anos. Francamente, se eu pudesse fazer outra coisa, faria, mas, enfim, não tenho escolha".

Todos ficamos um pouco desapontados por Christophe destruir um mito. No entanto, é a resposta de Nicolas que nos deixa perplexos: "Claro que você tem escolha. Você pode ir embora, é muito fácil". Christophe não se deixa intimidar: "Ah, é? E ir para onde? E para fazer o quê?". A objeção parece ter sentido. Mas não convence Nicolas. Ele diz, como se fosse uma verdade universal: "A gente não vai embora para ir a algum lugar ou fazer algo. A gente vai embora, ponto".

François interrompe a conversa: "Mais uma cerveja?".

Na manhã seguinte, vou até a casa de Nicolas. Foi ele que sugeriu o encontro, quando nos despedimos na véspera. (Continuo definitivamente maravilhado com essas conexões que o verão favorece: ignorávamos tudo um do outro e agora ele ocupa meu tempo e minha mente, não nos conhecíamos e de repente nos tornamos inseparáveis.)

Como no dia anterior, fico na beira da estrada, na frente da casa, para chamá-lo. Imagino que de novo vamos caminhar pelas trilhas dos arredores, ou talvez nos sentar contra alguma paliçada, como faço com François. Mas não, ele me convida para entrar. Tenho um breve momento de hesitação e então, claro, abro o portão para percorrer os poucos metros que me separam da porta e entro. Descubro uma casa modesta, de tamanho pequeno, para apenas duas pessoas. Primeiro, uma peça principal que serve de cozinha aberta, sala de estar e sala de jantar. No chão, um piso bege, fácil de limpar, nas paredes um papel de parede estampado que o sol desbotou, no centro uma mesa coberta com uma toalha impermeável e cadeiras de plástico semelhantes às que escolhemos para as varandas, muito poucos móveis, entendo que eles se mudaram rapidamente e de forma econômica. Nicolas não perde tempo e me leva para o andar superior. De um lado, um banheiro e o quarto de sua mãe, do outro, o seu quarto. É lá que nos acomodamos. A janela está aberta, deixando entrar a luz e o calor. Nas paredes, um pôster da banda Téléphone (sinto um aperto ao lembrar que era a banda favorita de Thomas, meu ex-namorado) e outro da famosa foto de Rimbaud tirada por Étienne Carjat, em que o garoto parece um aluno de catequese, uma criança obediente, mas, no olhar, já é possível distinguir os incêndios que viriam. Os lençóis estão desarrumados, nos sentamos sobre eles um de frente para o outro, de pernas cruzadas. Com outro, talvez eu notasse uma ambiguidade nessa proximidade. Com ele, nenhum risco. De resto, ele me dá uma explicação bastante prosaica, em um tom que me parece sincero: "Está quente demais para dar uma volta, não acha?".

Eu digo: "Sua mãe não está em casa?". Ele diz: "Não, ela trabalha o mês de julho inteiro, vai tirar férias em agosto". Ele acrescenta: "Ela trabalha na prefeitura, François deve ter contado". Faço que sim com a cabeça. Ele continua: "É um trabalho que ela conseguiu graças a um amigo quando tivemos que sair de Poitiers". Eu me surpreendo: "Vocês moravam em Poitiers?". Ele conta: "Eu nasci lá, cresci lá, bem, é uma cidade meio deprimente, mas ninguém escolhe essas coisas". Embora eu já suspeite da resposta, faço a inevitável pergunta: "Por que vocês se mudaram?". Ele vai direto ao ponto: "Meus pais se divorciaram e foi difícil, tivemos que nos afastar". Eu insisto: "Afastar?". Decido ser intrometido, adivinhando que o lance do quarto não é completamente casual, que ele quer falar, ou talvez precise, provavelmente porque nunca fala e porque um quase desconhecido com quem ele descobre uma espécie de fraternidade se torna o confidente ideal. Mais uma vez, ele não hesita: "Ele não aceitou bem a separação; meu pai, sabe, é um tipo meio possessivo, não suporta que as coisas e as pessoas escapem do seu controle". Eu continuo, com certo atrevimento, ou falta de pudor: "Possessivo?". Ele é claro e direto em sua resposta: "Ele também pode ser violento".

(Não peço mais detalhes em torno da violência. Não ouso. Teria sido dirigida à esposa? Ao filho? Aos dois? Com minha necessidade de imaginar – já –, visualizo socos, tapas, ferimentos, brutalidade. Também imagino sarcasmos, gritos, ordens contraditórias, assédio, difamação, desprezo. Não sei o que é pior. Dou uma rápida olhada para a janela aberta, em busca de um pouco de sol, de um pouco de ar. Ainda ignoro que, um dia, escreverei sobre tudo isso, guiado pelas palavras de outro jovem que, aliás, se parecerá com ele.)

Ele continua: "Na verdade, uma manhã, quando acordei, percebi que minha mãe tinha feito as malas, ela disse: 'Vamos embora'. E fomos. Ela não podia mais viver na mesma cidade que ele". Para disfarçar certo desconforto, me atenho aos simples fatos: "Então você nunca mais o vê?". Ele diz: "Ele acabou descobrindo onde estamos. O tempo todo ameaça aparecer. Por enquanto, ele não cumpriu as ameaças, então estamos de férias".

Durante toda a confissão, ele falou sem emoção aparente, com certa neutralidade, como se agora tivesse distanciamento suficiente, como se o tempo tivesse feito seu trabalho. E, no entanto, não acredito muito nisso. Ao contrário, penso que esse tom monocórdio é apenas uma maneira de esconder os sentimentos. E a maneira como ele concluiu ("estamos de férias") revela, de certa forma, seu desânimo, sua raiva e seu medo.

Depois disso, eu não queria que o silêncio se instalasse, que Nicolas me achasse tomado de compaixão, entendi que ele repudia a solenidade, mas, ainda assim, o maldito silêncio se instala. Não encontro palavras. Tenho dezoito anos, não tenho o que dizer, ainda não sei lidar com situações inéditas, constrangedoras. E ele deixa esse silêncio existir. Ele não o perturba.

Aproveito para observá-lo, para olhar seus cabelos finos, loiros, os olhos claros, entre verde e azul, a pele diáfana – definitivamente, o sol não tem efeito sobre ele –, e acabo sorrindo para ele. Ele me devolve o sorriso. De repente, uma suavidade se instala entre nós. Uma suavidade, mais uma vez, sem ambiguidade. Uma suavidade simples e descomplicada. Incrivelmente bem-vinda.

Mudo de assunto: "François me disse que você desenha…".

Ele desconversa: "Ah, não é nada, uns esboços, umas coisas a lápis, feitos de qualquer jeito".

Eu insisto: "Posso ver?".

Ele hesita e acaba se levantando para tirar de debaixo da cama uma pasta de desenho verde e preta, com folhas Canson saindo pelos lados. Ele me deixa abrir, seu olhar é esquivo. Começo a olhar os esboços. Não entendo muito, mas me parece que o traço é firme e que, sempre, nessa sobriedade, ele extrai o essencial de seu tema. Ele reproduziu algumas telas de Edward Hopper (de quem eu não sei nada, na época, e ele é o primeiro a me dizer: "É o pintor da melancolia"), especialmente uma mulher de perfil, com um coque, sentada na cama abraçando os joelhos, e outra mulher, sozinha, sentada à mesa de um café, usando um chapéu *cloche*. Fico impressionado com a tristeza que emana desses desenhos.

Penso: "Não pode ser só culpa do Hopper com sua maldita melancolia".

Há também o retrato de um homem severo, de rosto deformado, a boca aberta. Tento entender: "Isso também foi inspirado em uma pintura existente?". Ele diz: "Não, esse é meu pai".

Volto a lembrar a frase de François: "Ele faz uns desenhos muito estranhos".

Às quatro horas, nos encontramos todos em Les Grenettes. Estendemos nossas toalhas, não levamos guarda-sol, guarda-sol é coisa de velho ou de bebê. Alice, no entanto, se lembrou do protetor solar, que passa nos braços, nos ombros, no pescoço, na barriga, e nós a observamos fazer isso, vagamente admirados, como se estivéssemos assistindo a um espetáculo, também um pouco perturbados pela sensualidade que se desprende de cada um de seus gestos. Quando termina, ela nos oferece o creme e todos o aceitamos prontamente – corajosos, mas não imprudentes.

Ela usa o biquíni do primeiro dia, aquele que chamou a atenção de François e que, de certa forma, nos faz estar hoje com ela na areia quente, de frente para o mar. Alinhados na seguinte ordem: Marc, eu, Nicolas, Alice, François e Christophe. Ninguém decidiu oficialmente essa ordem, mas, pensando bem, ela segue uma lógica implacável. Christophe em uma das pontas – ele é o menos exigente, o menos vaidoso – e ao lado de François – que é seu melhor amigo. Alice entre seus dois pretendentes, ainda que, na verdade, o termo seja impreciso, pois de fato François demonstra interesse, mas Nicolas ainda não expressa nenhuma intenção e continua enigmático. Estou ao lado de Nicolas, ambos reconhecemos que entre nós se criou um vínculo notável. Por fim, Marc é meu outro vizinho, porque talvez seja necessário esclarecer essa história de atração não verbalizada.

Nossos corpos – quase nus – também dizem algo sobre nós, obviamente. O de Christophe, flácido, generoso, transbordante, com escoriações e vermelhões nos antebraços. O de François, firme, musculoso, com pelos escuros na região do plexo e numa linha que vai do umbigo ao púbis. O de Alice, dourado, sedoso, notavelmente harmonioso, com seios em forma de damasco. O de Nicolas, magro, quase anêmico e pálido, cheio de sardas. O meu, sem grande interesse, nem bonito nem feio, mediano. O de Marc, saudável, equilibrado, reconfortante, com seu peito de nadador.

Até nossos trajes de banho nos definem, é impressionante. Um calção comprido, apertado demais nas coxas, estampado com grandes flores azuis para Christophe. Uma sunga para François, para que ninguém ignore que a natureza foi generosa com ele. Um biquíni clássico para Alice, com estampa floral. Um *short* para Nicolas, verde oliva, como se ele tivesse pegado a primeira coisa que viu pela frente e acertado em cheio. Um calção comprido, sem forma, para mim, que revela o mínimo possível. E uma espécie de boxer para Marc, que não deixa de enfatizar seu lado atlético.

Rapidamente, François, eu o conheço, quer se atirar na água. Primeiro porque estamos fritando, e nadar ainda é a melhor maneira de escapar do calor; depois, para mostrar o atlético nadador que ele é. Ele faria isso sem hesitar se estivéssemos só entre rapazes, mas entende que precisa esperar o sinal de Alice, como quando estamos à mesa e esperamos que a dona da casa pegue o garfo para começar a comer. Felizmente, ela não demora a se levantar. Na mesma hora, ele corre para se atirar nas ondas e nós todos o imitamos, com um pequeno atraso. Ele começa a dar braçadas frenéticas em direção ao alto-mar, deve pensar que, na água, finalmente mostra do que é capaz, o quanto se sente à vontade com seu corpo, imagina que Alice possa ver sua energia, seu temperamento. E eu admito que o mar é seu elemento. Eu, que nunca senti desejo por ele, porque somos amigos de infância, quase poderia reconhecer certo desconforto diante de sua potência e de sua naturalidade.

Na água, nos entregamos a nossos instintos primitivos. É claro que agitamos os braços com força, criando jatos enormes para molhar os outros. Christophe se atira em cima de mim para me afundar, e consegue. François planta bananeira no fundo da água e somente seus pés ficam para fora, na superfície. Alice boia de costas por alguns segundos, até que seu irmão a vira como uma panqueca. Subo nos ombros de François e saúdo a multidão como a rainha da Inglaterra, abanando mecanicamente a mão. Só Nicolas fica de fora, esses jogos infantis não o interessam.

Mas nem tudo é infantil. Nem tudo é inocente quando os corpos se tocam. Aqueles que nos observam da areia podem pensar que nossas brincadeiras às vezes lembram uma dança, ou um cortejo amoroso. E provavelmente não estariam errados.

Quando voltamos para nossas toalhas, quase uma hora depois, estamos exaustos, alegres, arrepiados, nos deitamos sem nos secar, é gostoso sentir as gotas salgadas escorrendo pela pele, conservando o frescor. Nicolas tem os cabelos colados nas bochechas. A princípio não falamos, queremos descansar, relaxar e quem sabe cochilar. Mas sempre que viramos a cabeça, preguiçosamente, casualmente, nos deparamos com o rosto de alguém, e algo se reacende. François observa o corpo de Alice enquanto ela mantém os olhos fechados. Ela se surpreende com a brancura da pele de Nicolas, ou a admira. Marc e eu abrimos os olhos no mesmo instante e nossos antebraços se tocam. Nesse falso estado de imobilidade, o desejo circula. Às vezes, também a preocupação. Como quando tenho a impressão de que Nicolas está em coma, ou quando surpreendo o olhar sombrio de François irritado com a indiferença de Alice, ou quando me pergunto se poderia estar errado sobre as intenções de Marc.

A nosso redor, o alvoroço das crianças e a bronca das mães que insistem para que elas se afastem da água, os gemidos dos trintões que improvisam uma partida de vôlei na areia, os fragmentos de conversas incompreensíveis trazidos pelo vento, as exclamações de um vendedor ambulante de churros, o grito das gaivotas e o murmúrio das ondas. Essa cacofonia abafada forma a trilha sonora de mais uma tarde de calor escaldante.

Em dado momento, Christophe diz: "Estamos bem, aqui, não?". François responde por todos nós: "Sim, estamos bem, aqui".

Quando penso nessas palavras, nessas simples palavras, vejo o quanto estavam certas, profundamente certas. Estávamos *bem*. Havia sol e sal sobre nossas peles. Havia otimismo, entusiasmo, alegria. Havia despreocupação, indolência, certa desatenção, certo abandono. E estávamos juntos.

(Naquele momento, não fazíamos ideia, a menor ideia, do que aconteceria.)

Naquele dia, depois que nos separamos, enquanto François e eu, sozinhos, caminhamos em direção à Rua Coquelicots para voltar para casa, sinto nele uma espécie de desorientação, uma contrariedade, uma angústia.

Ele resmunga: "Você tinha razão". E se cala. Peço esclarecimentos, embora eu já saiba a causa de seu mau humor: "Sobre o quê?". Ele hesita, entendo que as palavras são difíceis, ele finalmente diz, como quem cospe: "Ela prefere Nicolas". Penso primeiro em amenizar o sofrimento de meu amigo, mesmo que às custas de minha própria certeza: "Não é certo, ela não disse nada de concreto, e eles não se veem a sós, Nicolas teria me contado. Não aconteceu nada entre eles". Mas ele volta ao essencial: "Ela sente atração por ele, estou dizendo, está na cara. Aliás, você viu bem, ela 'adora' (ele faz aspas com os dedos) o *short* verde oliva e as sardas dele". Penso que eu também gosto muito, mas prefiro não dizer nada. Ele é categórico: "Eu não existo". Faço uma nova tentativa de aliviar sua amargura: "Você não pode dizer isso, ela passa bastante tempo com o grupo todo, e quando a gente estava na água, ela não era a última a fazer gracinhas com você". Ele continua firme: "Beleza, mas ela não quer ficar comigo, ponto final".

Avalio sua frustração. Era a de um garoto a quem as garotas normalmente não resistem, que não costuma perder, que é atraente e tem consciência disso, e que em geral sacia suas vontades. Seu orgulho está ferido, e o orgulho de um garoto de dezoito anos pode ser gigantesco. Mas não é só isso. Porque, no fim das contas, ele poderia facilmente se voltar para outra menina e esquecer Alice. Além disso, ele é inteligente o suficiente para entender que, se algo acontecesse entre eles, seria apenas um amor de verão, uma história sem futuro. Na verdade ele tem *sentimentos* por ela, talvez seja a primeira vez que isso acontece, e ele próprio se surpreende. Mesmo que se recuse a admitir, ele foi fisgado.

Ele insiste na amargura: "O que ela viu nele? Já reparou no jeitão dele? Magro que nem palito, branco que nem papel, mudo que nem pedra. E as malditas sardas, hein!". (Aqui ele faz um gesto com o dedo do meio.) Volto a defender o acusado: "Você não está sendo muito justo, e ele é seu amigo, só para lembrar". Ele se entrega à mesquinharia (que é o verdadeiro termômetro da raiva): "Mal nos conhecemos, sabe, ele apareceu no inverno, eu nunca tinha cruzado com ele". Não desisto: "Não é o tempo de amizade que conta, você gosta dele, senão não teria nos apresentado". Ele insiste na maldade fácil: "Ele me dá pena, só isso". Sorrio: "Vamos combinar que você está falando bobagem?". Ele abaixa os olhos, ciente de que tenho razão. Mas não se dá por vencido: "O que eu quero dizer é que ele não tem uma vida fácil, então, claro, a gente sente simpatia por ele". Eu brinco: "Você é tipo um anjo da guarda, então…". Ele fecha a cara: "Você está zombando de mim, mas tenho razão, admita que não recebo reconhecimento!". Eu digo, um pouco solene: "Não devemos esperar reconhecimento de quem ajudamos, nem gratidão pelo bem que fazemos". Ele dá de ombros: "Só você pra dizer uma besteira dessas!".

(Ele realmente acredita no que acaba de dizer. Ele pensa, de fato, que nada é de graça, que aqueles a quem ajuda lhe devem algo, que ser gentil deve garantir algum benefício, ele cresceu com esses princípios. Em segundo lugar, ele me vê como um intelectualzinho dando lição de moral, e minha frase, para ele, é o exemplo perfeito dessa postura.)

Chegamos em casa. Os pais estão reunidos na sala, diante da televisão. Uma etapa do Tour de France, disputada entre Toulouse e Luz Ardiden, acaba de terminar, e os homens tecem seus comentários. Meu pai: "Hinault teve um péssimo dia". Christian: "Claro, ele está com bronquite, e o nevoeiro nos Pirineus não ajudou!". Meu pai: "Mas até que se saiu bem, já que Greg LeMond poderia ter tirado o primeiro lugar dele com facilidade". Christian: "O americano bem que queria, felizmente Tapie o lembrou que ele era apenas companheiro de equipe e que seu trabalho era ajudar o líder". Meu pai: "Eu não vou tirar da cabeça que LeMond é mais forte, tenho certeza de que ele vai ganhar o Tour no ano que vem". Christian: "Um americano vencedor do Tour de France, só faltava essa".

François revira os olhos: "Vamos para o quarto". Ele se atira na cama, de braços cruzados. Ainda não tinha terminado o assunto Nicolas: "Ele tem, claro, o visual do artista, entende, do cara torturado que desenha coisas sombrias, enquanto eu corto carne, não tenho como competir".

Ele diz uma coisa que não é mentira, uma coisa que não é fácil de contradizer: sim – eu mesmo percebi isso –, ele geralmente é visto, em primeiro lugar, como o aprendiz de açougueiro, o filho do açougueiro, aquele que enfia as mãos nas vísceras, corta a carne, limpa o sangue esfregando as mãos no avental, aquele que exerce uma profissão nada nobre, que provoca náuseas, e além disso é da classe popular, não educada, que tem a boca suja, do proletariado que reclama do governo e dos impostos, faz festa no sábado à noite, e essa condição às vezes provoca desprezo, mais frequentemente, condescendência. E não posso excluir que Alice, criada no 14º *arrondissement*, filha de pais cultos e ricos, também sinta, em relação a François, um pouco de desprezo, um pouco de repulsa, por essa simples razão. Se for esse o caso, provavelmente é sem querer, é mais forte que ela. (E isso não seria ainda pior, no fundo?)

Eu digo: "Você está enganado".

Ele diz: "Eu não estou enganado, e você sabe muito bem".

Às quatro e meia da manhã, ouço François se esgueirando para fora do quarto para sair com o pai. Eu gostaria que ele ficasse um pouco mais comigo, sem saber muito bem por quê, mas, de qualquer forma, não tenho forças para isso. Volto a dormir quase instantaneamente. É Virginie quem me tira do sono por volta das dez. Ela me faz um convite, arregalando os olhos como um cachorro pidão: "Vamos pegar frutos do mar?". E acrescenta, para me convencer: "Conheço os lugares certos". Não tenho nada melhor a fazer naquela manhã e me culpo por ter negligenciado Virginie desde que cheguei. Respondo, com súbito entusiasmo: "Sou seu homem, ao seu dispor".

(Curiosa expressão que eu nunca havia usado antes, não me considerava um homem, não era um, era fraco demais, imaturo demais, preocupado demais em deter o tempo, que, na época, ainda era a adolescência; a diferença de idade entre mim e Virginie provavelmente explica essa incongruência.)

Enquanto caminhamos em direção a seu lugar secreto, ela me promete camarões, mexilhões, caranguejos, caramujos; eu a escuto sem acreditar muito, ela fala sem parar. Ela me leva até a proximidade de um antigo *bunker*, que começa a ser devorado pelo mar (naquela época, ainda não se falava de praias recuando por causa da erosão, ao menos não me lembro disso), mas ainda é facilmente acessível com a maré baixa. Tiramos os chinelos e calçamos as botas. Ela vai na frente, com uma pequena rede e um balde na mão. Eu levo uma cesta e uma faca. As primeiras capturas são fáceis: pequenos caranguejos caem na nossa rede. Então precisamos levantar e virar as pedras, e aí é outra história: não encontramos quase nada. No entanto, Virginie não desiste e continua animada. Ela aponta para algumas rochas e vejo mexilhões em cachos. Retomamos nossa coleta.

Cruzamos com um velho que nos oferece palavras de encorajamento. Seu rosto está marcado por rugas profundas, parece um mapa fluvial, cheio de rios e afluentes (usarei esse rosto, anos depois, para inventar o personagem de um livro). Virginie segue em frente ainda mais animada.

Percebo então que teria adorado tê-la como irmã mais nova. Tenho apenas um irmão mais velho, calado, fechado em sua bolha, que vive longe de mim, e primos com quem não compartilho quase nada. Pressinto – já o mencionei, e isso volta à tona quando recordo aquela manhã – que ao longo da vida terei que inventar as proximidades, os vínculos, os afetos que substituirão os laços familiares.

Enquanto estamos curvados sobre a areia úmida, raspando e escavando, ela diz casualmente: "Você vai dormir com Marc?". Me esforço para não demonstrar surpresa ao descobrir que *ela sabe sobre mim* e que está visivelmente bem informada sobre meus encontros de verão. Eu me contento em lançar para ela um olhar questionador. Com uma sinceridade desconcertante, ela me explica: "Consigo ouvir vocês conversando à noite, no quarto, François e você, as paredes são finas e eu não sou burra, entendo as coisas". Eu gaguejo um "Não sei". Ela continua: "Ele é bonito?". Hesito: "Sim, mais ou menos. Outros diriam que ele é um gato, mas não sei se isso é importante para

mim". Ela se surpreende: "O que é importante, então?".
Sou pego de surpresa. Gaguejo de novo: "É difícil dizer... É o que emana da pessoa... É o que você sente...
Não é só uma questão de aparência ou de estilo...". Ela
é categórica: "Sim, mas para dormir com alguém você
não precisa estar apaixonado". Eu a encaro. Me pergunto
como uma garota de treze anos pode saber dessas coisas.
Me pergunto se posso ter esse tipo de conversa com uma
menina de treze anos.

Ela continua, como se não fosse nada: "Mas uma coisa
é certa: meu irmão não vai dormir com a Alice, isso tá na
cara que vai dar errado. E, sinceramente, bem-feito pra
ele, vai servir de lição".

Não acho necessário comentar suas palavras. De qualquer forma, ela não espera nenhum comentário da minha
parte. Parece muito segura de si.

Ela emenda: "E também não vai rolar com Nicolas,
se quer saber minha opinião. Conheço Nicolas, ele já
foi várias vezes lá em casa, não é a dele, dá para ver". Eu
digo: "Ah, é?". Ela explica: "Ele é triste demais, solitário
demais, e a gente tem a impressão de que ele está todo
quebrado por dentro".

Penso no que as meninas percebem e que nós, muitas
vezes, não vemos da mesma maneira, no que elas entendem e que nós às vezes interpretamos errado. Penso também na perspicácia delas, na maturidade que me assusta.

Ela diz: "Eu não tenho namorado, é complicado demais". Não me atrevo a dizer o clássico, o eterno: "Isso vai
mudar, pode apostar". Tenho medo que ela me responda
dizendo que pareço um velho falando. Também não digo
que ninguém tem o coração seco. Tenho medo que ela
me considere um romântico.

Digo apenas: "Por que você acha que é complicado?".
Minha pergunta parece surpreendê-la: "Sinceramente?
Bem, primeiro, as pessoas geralmente confundem sexo
com amor, né? Ok, vamos supor que seja realmente amor.
No começo, você fica se perguntando se ama, se é amado.
Depois, quando tem um namorado, fica se perguntando se
vai continuar ou se deveria terminar. E quando dura, você
acaba ficando entediado, mas não tem força para começar
de novo com outra pessoa. Ainda prefiro os sapos mortos".

Percebo que as meninas de treze anos são muito mais
precoces e muito menos sentimentais do que os meninos
de dezoito. E que talvez elas tenham razão.

Sem mais nem menos, ela muda de assunto: "Caranguejos!". E corre em direção aos pobres bichos, que já estão
fugindo da caçadora. Ficamos mais um bom tempo nessa
parte deserta da praia, à sombra do *bunker*. Ela improvisa
uma dança sobre as pedras e depois traça formas na areia
com um galho, sem que eu consiga identificar o que está
desenhando. De repente, voltou a ser uma criança, inocente, despreocupada, distante do mundo.

Na volta, pegamos o caminho das dunas. Com a ponta
dos dedos, ela acaricia o capim alto e, com os pés, faz o
vento levantar a areia.

Algumas horas depois, ao saber que passei uma parte
da manhã com sua irmã, François se irrita: "Que bobagens
ela foi contar dessa vez?".

No dia seguinte, tenho um encontro com Marc. Ele passou de manhã na feira, deu umas voltas em torno do caminhão do açougue, se sentou em um dos bancos, fez de conta que estava lendo um folheto que alguém tinha esquecido ali, e, por fim, voltou ao caminhão para perguntar a François "se não seria um incômodo" ele me passar uma mensagem (foi justamente François, com seu famoso tato, que me relatou a cena: "Você tinha que ver, dava até pena, ele parecia uma mulherzinha"). A mensagem era o convite para o encontro. Logo pensei na pergunta de Virginie: "Você vai dormir com Marc?". Me dei conta de que, se eu aceitasse o convite, ao menos teríamos uma resposta.

Às três horas em ponto, quando abro a porta do L'Escale, ele já está lá. Pediu uma cerveja, sua caneca está pela metade. Ele não me vê na hora, está absorto no movimento da rua, na confusão dos turistas do outro lado da janela. Percebo que, na verdade, seu olhar está parado: ele está perdido em pensamentos. Posso observá-lo sem o risco de ser notado. É verdade que ele é bonito. Não se parece com Thomas, de jeito nenhum, Thomas tinha cabelos castanhos, quase compridos, bagunçados, era magro; Marc é loiro e musculoso, mas já entendi que preciso parar de correr atrás de uma lembrança, e que o melhor seria abraçar corpos novos, desconhecidos. Então que seja um muito bonito.

Enquanto me aproximo, penso: talvez eu devesse dizer logo que já sei por que estamos aqui, que não precisamos da timidez, do desconforto, das conversas sem graça, das frases prontas, dos rodeios, que podemos ir direto ao ponto, mas sei que não tenho coragem nem a confiança necessária. E além disso é até agradável passar pelos momentos hesitantes, atrapalhados e estúpidos que precedem a confissão, a virada. (Há também o fato de que ainda não estou acostumado com "garotos de passagem".)

De resto, tudo acontece como imaginei. Marc opta primeiro pela cortesia, me agradecendo por ter vindo. Ele murmura: "Eu não tinha certeza se você viria, deve ter achado estranho esse convite". Não respondo. Porque, se o fizesse, diria a verdade: não, não achei estranho, Nicolas percebeu seu jogo, e por isso entendi o que queria. Ele continua: "Sempre que nos encontramos tem gente junto, acabamos não tendo tempo de nos conhecer de verdade". Sinto vontade de rebater: não, você quer o meu corpo, e eu não o condeno. Claro que continuo em silêncio, deixo que ele se vire.

Ele começa a falar dos meus estudos (começa com um "Então você está cursando…", e fico pensando quem fala assim, além de pessoas com mais de cinquenta anos), dos dele (repete que não se sente no lugar certo e eu entendo que não está falando apenas de sua orientação acadêmica), da ilha de Ré (ele está entusiasmado com a ideia da construção de uma ponte; para não contrariá-lo, não conto que essa ponte significa o fim da minha infância), de tênis (ele joga, está no *ranking*, eu não pratico nenhum esporte), eu escuto distraidamente, aproveito para observá-lo de novo.

Ele se esforça para demonstrar confiança, mas suas mãos nervosas e suas pálpebras piscantes, que não conseguem esconder um olhar perdido, às vezes o traem. Gosto de sua falta de jeito.

Pareço descontraído, mas meu nervosismo não é menor que o dele. Apenas consigo dominá-lo melhor, balançando a cabeça e soltando vários "Ah, é?".

Então, em determinado momento, ele muda de tom. Eu não saberia dizer ao certo o que o convenceu, talvez ele tenha lido nos meus olhos uma aprovação, uma autorização, ou tenha percebido minha impaciência, o fato é que me diz: "Não quer conhecer a casinha que estamos alugando nas férias?". Aceito sem hesitar e nos levantamos na mesma hora, quase às pressas. Ele paga a conta, jogando as moedas sobre a mesa de fórmica. Não se dá ao trabalho de chamar o garçom, só quer que a gente saia, suma dali.

No caminho, ele diz que os pais e a irmã estão na praia. O caminho está livre, teremos a casa só para nós. Me pergunto que desculpa ele inventou para escapar da atividade básica de qualquer turista na ilha. Será que disse que estava quente demais, que haveria gente demais, que iria mais tarde? Os pais acreditaram em suas lorotas? Alice não deve ter sido enganada. Talvez até tenha sido sua cúmplice. Sim, claro, ela só pode estar envolvida. Ele deve ter falado sobre sua atração e ela deve ter respondido: "Vai fundo". Ou até dito: "Eu mantenho nossos pais afastados o tempo que for, pode contar comigo". Seria bem o estilo dela.

Me deparo com uma casinha antiga (não um casarão chique e boêmio como os que veremos surgir quando a ilha se transformar em paraíso para os privilegiados – já me lamentei por isso, estou me repetindo), com piso de granito, paredes grossas cobertas de cal branca e uma longa mesa de carvalho. Imagino que tenha pertencido a antigos moradores da ilha e que seja alugada no verão pelos herdeiros, que vivem em outro lugar, longe de suas juventudes. Na parte de trás, vejo uma varanda, depois um pequeno jardim com um pinheiro-manso no meio. Marc parece se desculpar: "Não é muito iluminada, mas é perfeita para as férias". Aí está, o famoso desprezo social do qual François se sente vítima, formulado com toda inocência. Retruco: "Eu gosto desse tipo de casa". (Será que tenho uma premonição de que elas estão condenadas à mudança, ao desaparecimento? Ou será que estou tentando dizer a Marc que não pertencemos ao mesmo mundo?) Ele sugere: "Vamos subir?". Eu o sigo.

Quando finalmente chegamos ao quarto, os rodeios acabam. Nos beijamos sem hesitar, nos apertamos um contra o outro, nos acariciamos, procuramos com a mão a ereção do outro, tiramos nossas bermudas, nossas camisetas e transamos. O corpo dele é mais forte do que eu imaginava, o que me desconcerta, prefiro a suavidade, mas logo me acostumo. Entendo que sua força é o reflexo de certa inexperiência. Não me considero de forma alguma um sujeito experiente, digamos que conheço os gestos por causa de Thomas, tenho certa inteligência do desejo do outro. Gozamos. Tenho uma lembrança perfeita dos jatos de esperma sobre seu ventre firme e bronzeado.

Depois, ficamos deitados um ao lado do outro, nus, sobre os lençóis amassados, o olhar voltado para as vigas do teto, sem falar. E nesse silêncio, nessa proximidade imóvel, muito mais do que no abraço de momentos atrás, de repente me dou conta de que poderia sentir algo por esse garoto. Chamemos isso de afeto.

François diria: "Você é mesmo um maricas!".

No fim da tarde, me encontro com François e decidimos ir à casa de Christophe, que deve ter terminado a sesta. Nicolas está junto com ele. Nosso anfitrião, que percebe a tensão no ar, se sente obrigado a dizer: "Nos cruzamos quando eu estava voltando da pesca, ele estava correndo na praia, eu disse para ele passar aqui no fim do dia". Manifestei minha surpresa: "Você corre?". Nicolas responde: "Às vezes, bem cedo pela manhã, quando não tem ninguém na praia". François debocha: "Não dá para perceber...". Uma maneira de dizer que Nicolas não tem exatamente um físico de atleta. Pela primeira vez, Nicolas responde: "Há quem goste...". Não querendo que os dois comecem a brigar – eu preferiria que voltássemos à indolência, à superficialidade de antes –, me interponho: "Teremos uma rinha de galos?". A pergunta provoca uma descontração imediata, como se, no fundo, todos concordassem que era muito melhor ser preguiçoso, indolente e tomar cerveja falando de tudo e qualquer coisa. Principalmente qualquer coisa.

Para minha grande surpresa, é Nicolas quem puxa um assunto: "Vocês ouviram falar da história dos sete alunos de New Jersey?". Christophe já parece perdido: "Onde?". Nicolas repete: "New Jersey. Nos Estados Unidos, sabe". Christophe diz: "Ah", e pousa a cerveja sobre a mesa.

Nicolas começa a contar: "Todos têm menos de dezoito anos, são caras fissurados em informática, passaram noites e noites em seus computadores e acabaram hackeando os sistemas do Pentágono! Parece que conseguiram pegar os códigos para alterar a posição dos satélites!". Eu digo: "Sério? É um remake de *Jogos de Guerra* ou o quê?" (Todos vimos o filme no inverno passado, todos sonhamos em ser uma versão de Matthew Broderick.) Nicolas sorri: "É, só que eles não desencadearam a Terceira Guerra Mundial…" (não sabemos se ele está feliz ou triste por isso). François é pragmático: "O que pode acontecer agora?". Nicolas dá de ombros: "Não faço ideia, só sei que a polícia prendeu todos eles, acusados de roubo ou algo do gênero, não é muito doido?". Concordamos: "Muito doido!".

Olho para Nicolas e me pergunto o que realmente se passa dentro de sua cabeça. Toda vez que converso com ele, descubro uma nova faceta de sua personalidade. Normal, pode-se dizer, já que o conheço há menos de uma semana. Mas tem pessoas que são como livros abertos, a gente entende seu caráter na mesma hora. Tem as que exibem suas vidas como uma criança espalhando seus brinquedos no chão, ou as que se mostram por inteiro, sem rachaduras, sem arestas. Ele não. Tudo vem aos poucos, ou em solavancos. E mesmo assim, apesar das sucessivas revelações, o conjunto permanece misterioso e nebuloso. Só a amizade é límpida. Sem máculas.

Um assunto leva a outro e começamos a falar sobre a festa de aniversário de Christophe, que será no dia seguinte. Aproveitamos para relembrar as festas passadas, como se a nostalgia já tivesse começado a nos alcançar, tão cedo na vida. Lembramos dos seus oito anos: ele ganhou dos pais uma roupa de caubói e brincamos com o revólver por dias, porque nada mais importava. Dos quatorze anos: fomos ao *bunker* de La Conche ao cair da noite para grafitar, tínhamos acabado de descobrir as latas de *spray*, os estênceis, e nos achávamos artistas de verdade, Christophe dizia para quem quisesse ouvir que o futuro seria *punk* ou não seria, imagino que ele tenha visto um documentário na televisão. Dos dezesseis anos: fomos navegar, de novo ao cair da noite, com o barco do pai dele, sem pedir permissão, é claro. Para Christophe isso não tinha nada de especial, exceto o fato de pela primeira vez ele ser o comandante, a noite estava cheia de estrelas e nos embebedamos. No ano passado, passamos a noite no Bastion e estamos prontos para repetir a dose porque, no fundo, baladas eram uma coisa da nossa idade e não havia razão para não fazermos uma coisa da nossa idade.

François resume: "Cara, amanhã você faz dezoito. Pronto para o grande salto?". Christophe faz uma careta de dúvida, não tem certeza de que essa mudança vá fazer muita diferença, ele já entendeu que nenhum raio vai cair na cabeça dele, que nenhuma metamorfose importante vai acontecer. Depois ele corrige a careta: está feliz por ter nascido no verão, durante as férias, e que isso seja um marco em nossas vidas, uma data esperada.

Decidimos que, antes do Bastion, vamos jantar na Crêperie des Tilleuls. François decreta: "Eu pago". Nós protestamos: "De jeito nenhum, cada um paga o seu". François murmura entre os dentes: "Vocês vão me magoar". E entendemos que ele não diz isso da boca pra fora. Recuamos: "Tudo bem".

Chegaremos ao Bastion por volta das onze horas. Compartilho a informação que guardava para este momento: Marc e Alice também irão. Três rostos se viram para mim. Explico: "Vi o Marc hoje". Não digo que nos chupamos na casa que os pais dele alugam. Não tenho vergonha, só sinto que é melhor manter esse episódio em segredo por ora. Mas vejo um meio-sorriso no rosto de François, o mensageiro, um meio-sorriso que diz: você, meu amigo, não vai se safar assim tão fácil, melhor me contar o que aconteceu. Continuo meu relato, fingindo não perceber: "Ele me disse que eles tinham planejado ir, eu respondi: 'Que coincidência, nós também vamos'". (Coincidência nada, eu que os convidei. Um efeito colateral do afeto, o maldito afeto que estou começando a sentir pelo tenista loiro.)

Não menciono o que Marc me confidenciou. Não falo que Alice "ficou realmente encantada com Nicolas e planejou pressioná-lo um pouco: a festa vinha a calhar".

François diz: "Não sei vocês, mas tenho a impressão de que esse aniversário vai ficar na memória".

É 19 de julho, o ar segue abafado. O tempo está tão pesado que tempestades foram anunciadas. Vejo isso como um bom presságio, vai trazer um pouco de frescor e tornar o ar da rua enfim suportável.

De manhã, dou um pulo na feira para falar com François, que conseguiu se esgueirar para fora da cama algumas horas antes sem que eu percebesse. Christian aproveita para descer do caminhão rapidamente e me abraçar, perguntar se dormi bem, se preciso de algo. Sem mais nem menos, ele coloca uma nota de cem francos em minha mão. Ele tenta ser discreto, mas sua discrição é tão forçada que todos ao redor percebem o gesto. Ele acrescenta, com um sorriso cúmplice: "Assim vocês podem se divertir essa noite". Eu protesto (a quantia é enorme e eu não a mereci de jeito nenhum), ele fica ofendido (tal pai, tal filho), eu coloco a nota no bolso (a pureza tem seus limites). François me lança um olhar que parece dizer: com o próprio filho ele não se mostraria tão insistente, tão afetuoso. Nem tão generoso.

Saio dali e vou até a casa de Nicolas, mas quando grito seu nome da estrada ele não aparece. Tomo coragem e bato à porta. Ainda sem resposta. Giro a maçaneta, a casa está aberta, hesito por alguns segundos e entro. (Quando penso nisso, nessa ousadia, não me reconheço. Seria apenas curiosidade, ou senti que havia algo a ser descoberto, compreendido?) Sobre a mesa, restos de um café da manhã, uma xícara de café, provavelmente da mãe, e uma tigela de leite achocolatado ainda meio cheia. Grito de novo o nome de Nicolas e nada. Subo as escadas até o quarto. A cama está desfeita, mas nem sinal de meu novo amigo. Me preparo para sair e vejo a pasta de desenhos. Não consigo resistir. O retrato do pai foi violentamente rasurado. Em outra folha de papel Canson, Nicolas esboçou as muralhas de Saint-Martin com o mar ao fundo (o mesmo lugar onde mijamos na noite de 14 de Julho). Saio do quarto, da casa. Vagamente perturbado e incapaz de dar palavras a esse desconforto.

Mais tarde, fico à toa na banca de jornais. Examino os livros até encontrar um pequeno, de que ouvi falar e ainda não li; compro. É *Bom dia, tristeza*. (Uma professora de francês me garantiu que era "encantador, leve". Quando finalmente o leio, descubro uma tragédia horrível, aprendo que verdadeiros dramas podem se esconder sob as aparências mais "encantadoras, leves".)

Ao sair, cruzo com Christophe. Está usando calças de pesca e botas. Dou-lhe oficialmente os parabéns pelo aniversário. Ele me pergunta o que estou "aprontando". Respondo: "Nada. Estava pensando em ir até Saint-Sauveur e me sentar naquele banco que tem por lá para ler um pouco, sabe, aquele aonde íamos quando éramos pequenos e não queríamos que ninguém nos encontrasse".

No resto do tempo, penso em Marc, tenho vontade de transar com ele, de sentir o gosto de sua boca, a amplitude de seus braços, a suavidade de seu sexo.

Retrospectivamente, percebo o vazio desse dia. Como se o tempo estivesse suspenso antes do desastre.

À noite, como planejado, nos encontramos na creperia. Quando chegamos, uma grande mesa com umas doze pessoas já está cheia. Todos falam alto, gritam, levantam os copos de sidra, riem, conversam, fazem piadas, criam um ambiente animado. No nosso canto, quase parecemos crianças comportadas. Ainda assim, fazemos um brinde aos dezoito anos de Christophe, não pedimos um discurso, isso o deixaria desconfortável e, de qualquer forma, suas palavras seriam encobertas pelo barulho dos vizinhos.

Em certo momento, Alice é mencionada na conversa, não sei por quem nem por quê, mas o nome provoca uma rápida troca de olhares entre François e Nicolas. Penso na expressão: "Silêncio constrangedor".

Em outro momento, um silêncio repentino se faz entre os clientes barulhentos. Somos pegos tão de surpresa que aguçamos os ouvidos. Uma mulher menciona uma tragédia que aconteceu por volta do meio-dia na Itália, ela "ouviu nas notícias". Entendemos que duas barragens cederam nas Dolomitas, área muito visitada por turistas nessa época do ano, devido às chuvas torrenciais que caíam há vários dias. Uma enorme avalanche de lama se espalhou pelo vale e arrastou tudo à sua frente. Ela lamenta: "Dizem que ao menos sessenta pessoas morreram, e que vai haver muito mais, e muitas casas foram destruídas, e centenas de árvores arrancadas". Os outros meneiam a cabeça, com um semblante grave, pesaroso. Ela acrescenta: "Parece que durou só vinte segundos; vinte segundos, conseguem imaginar?". Os outros parecem ainda mais abalados. Então alguém levanta o copo e diz: "Bem, não podemos deixar que isso estrague nossa noite, quem quer sidra?". E todos concordam ruidosamente. Penso nos vinte segundos que mudaram tudo, que devastaram tudo.

Por volta das dez e meia, saímos da creperia. O ar está incrivelmente leve. Na Praça Tilleuls há muita gente, casais, famílias, rapazes da nossa idade em torno de uma moto que ronca, até velhos. Dá para jurar que ninguém quer voltar para casa, que todos querem aproveitar a leveza (por muito tempo, e até hoje, buscarei essa leveza da noite, no verão. Nada me trará mais serenidade. Começou ali, no ano dos meus dezoito anos). Voltamos para casa a pé. François e Nicolas fumam um cigarro, lado a lado, em silêncio. Christophe e eu seguimos mais atrás. A Rua Cailletière está estranhamente calma. As malvas-rosa são iluminadas pelos postes de luz.

Depois de prometer aos pais que nos comportaríamos como meninos exemplares (com um definitivo "Vocês podem confiar na gente" que causou olhares incrédulos) e desejar boa-noite, pegamos o Kadett e seguimos para Saint-Martin. Já não pensamos nos vizinhos barulhentos nem nos mortos na Itália, só pensamos na pista de dança do Bastion, com seus globos espelhados, nos cem francos que tenho no bolso, e em Alice e Marc, que nos esperam.

Ligo o rádio e nos empolgamos ao ouvir "Tombé pour la France". Encobrindo a voz de Étienne Daho, François canta a plenos pulmões: "Quando o demônio da dança toma meu corpo, faço qualquer coisa".

Quando chegamos, a pista está quase vazia, precisamos admitir que ainda é cedo. A olho nu, conseguimos adivinhar que os prolôs da ilha ("prolô", de proletário, ainda não é um insulto) estão de um lado e os parisienses (ainda não se diz "bobô", de burguês-boêmio) do outro. As camisetas com a imagem de Johnny Hallyday ou com a cabeça de um lobo de olhos azuis não se misturam com as polos Lacoste, as bermudas desbotadas não se aproximam dos chinos de alfaiataria, os chinelos desafiam os mocassins, os rostos marcados pelos respingos do mar não se viram para os que ostentam bronzeados.

Avançamos, um pouco sem jeito, como se não pertencêssemos àquele lugar. É verdade que em julho e agosto os nativos se tornam minoria. Felizmente, François decide levantar a cabeça, o que nos deixa mais confiantes. Eu apostaria que ele tem um radar, pois logo avista Alice e Marc e abre caminho até eles. Tenho a estranha impressão de que há certo constrangimento em nosso reencontro, mas devo estar enganado. Alice observa François e ri dele com afeto: "Que bom que não passou gel hoje". Ele prefere sorrir a essa pequena humilhação. Em troca, gagueja: "Que cheiro bom, você". Ela diz com afetação: "*Opium*, de Yves Saint Laurent". Nenhum de nós comenta. Pedimos as primeiras bebidas.

Ficamos alguns minutos no terraço que leva às muralhas. O ar ainda está morno, mas um vento se levantou, vindo do mar. Lembro da promessa de tempestade, mas não digo nada para não ser o estraga-prazeres. Acabamos decidindo voltar para dentro.

Nicolas e eu somos os últimos, penamos para não perder de vista os outros, que já tomaram um pouco de vantagem, e de repente Nicolas se imobiliza, acabo esbarrando nele. Por reflexo, reclamo: "Por que parou assim?". Ele gagueja um "Perdão". Ele não fica irritado, diz apenas "Perdão". E esse pedido de desculpa me desconcerta. Percebo então que seu rosto mudou. Tenho a impressão de ler confusão ou medo em seus olhos. Pergunto: "Tá tudo bem?". Ele não responde. Insisto: "Aconteceu alguma coisa?". Ele afasta minha pergunta com um gesto: "Não, só vi um cara que não esperava ver, um babaca do meu colégio, com quem não quero cruzar". Agora consigo perceber uma mistura de pânico e raiva em sua voz, fico tentado a pedir mais explicações, mas ele se recompõe: "Vamos, senão os outros vão nos procurar". Obediente, sigo seus passos, tentando adivinhar, na multidão, quem seria o sujeito que o perturbou.

À meia-noite, a multidão se torna compacta, uma massa de braços para cima e cabelos grudados nas têmporas, o clima, até então descontraído, se torna frenético. Esquecemos que estamos em um local histórico, nos vemos à mercê das escolhas de um DJ enlouquecido e aos primeiros efeitos do consumo excessivo de álcool. Dançamos até a exaustão.

Quase não reconheço Christophe, que se sacode ao som de "Marcia Baila", da dupla Les Rita Mitsouko, cantando a letra de cor, ou François, que dá voltas sobre si mesmo, esbarrando nos que se aproximam. Fico encarando Marc e sorrindo como um bobo enquanto me balanço com a música.

Em dado momento, nos afastamos um pouco, ele e eu, ombro contra ombro, não ousamos nos beijar, garotos não se beijam no Bastion, isso seria mal visto, ou alguém nos quebraria a cara, mas nossas peles se tocam. Estamos nessa fase meio boba do início de um relacionamento.

De onde estamos, vejo Nicolas com Alice. Eles estão no promontório, ele fuma, ela bebe de um copo com canudo. Marc me confidencia: "Eles se encontraram, de manhã". Fico surpreso. Ele acha que não ouvi. Então repete as palavras gritando no meu ouvido, enquanto Catherine Ringer canta que "a morte é como uma coisa impossível". Eu também grito: "Eu entendi. Como assim, eles se viram?". Ele me explica: "Ela não conseguiu esperar, apareceu na casa dele, eles foram dar uma volta". Eu penso: por isso a casa estava vazia. Quero saber mais: "E aí, o que eles disseram?". Marc vai direto ao ponto: "Ela se declarou pra ele". Quero saber o que aconteceu: "E?". Marc conta: "Ele respondeu que ficava tocado, que achava ela muito bonita, mas que não sabia direito a quantas andava na vida, que tinha um monte de coisas pessoais para resolver, que achava que não era uma boa ideia começar uma história, ela disse: 'Não seria uma história, estamos de férias, temos o direito de nos divertir', ele continuou, distante, esse seu amigo é um porre, sério, o que custava tentar, como nós, não fizemos tanta cerimônia".

Eu deveria focar na revelação inesperada, na tentativa frustrada. No entanto, é outra coisa que me chama a atenção: "O que significa *coisas pessoais para resolver?*". Marc dá de ombros: "Como vou saber? Para mim, é só uma desculpa". E ele acrescenta, apontando para a irmã: "E mesmo assim, olha lá, ela não desiste". Me preocupo: "Ela vai acabar assustando o coitado, ele é um cara frágil, ela devia apostar no François, pelo menos com ele é garantido". Marc ri: "Sim, ela percebeu que ele está pegando fogo, mas você sempre quer quem não quer nada com você".

Olho para a pista. Christophe abre uma Blue Lagoon, Nicolas se afasta de Alice e caminha na direção das muralhas, ela faz uma cara feia e desce para a pista, François a recebe de braços abertos. O DJ toca "You're My Heart, You're My Soul", penso em Virginie, que ficaria feliz. Por fim, Marc pega minha mão e abre caminho para me levar ao banheiro.

Quando saímos, a música está acabando. Só tivemos tempo de nos beijar, fomos tirados de lá por uns caras que queriam aliviar a bexiga e começaram a bater na porta, fechada por tempo demais. François, que nos viu, vem até nós e zomba de nossos sorrisos amarelos. Então, de repente, ele se vira para a pista e faz uma pergunta, uma pergunta bem simples: "Ei, vocês sabem que fim levou Nicolas?".

No segundo seguinte, ele se funde à multidão, levantando o copo plástico acima da cabeça, como um troféu, e volta a dançar como se sua pergunta não precisasse de resposta.

Ouço em minha cabeça seu estranho eco: *Vocês sabem que fim levou Nicolas?*

Na mesma hora, tenho um mau pressentimento.

Na mesma hora.

Deixo Marc, que não entende a súbita pressa que demonstro por causa de outra pessoa, e saio à procura do ausente. Percorro a pista de um lado a outro, esperando reconhecer um rapaz magro de cabelos loiros, longos e finos. Não devem ser muitos. Ainda assim, não vejo ninguém com essas características. Com grande dificuldade, abro caminho até o terraço, vou empurrando, usando cotovelos e ombros, e quando finalmente chego, não encontro Nicolas. É nesse momento que a tempestade resolve desabar. A chuva cai de repente. Uma daquelas chuvas de verão, quentes e pesadas, que chegam sem aviso. Imediatamente, todos correm para o interior da discoteca, há uma espécie de pânico, com gritos e risos exagerados. Quando o terraço fica quase deserto, preciso me render aos fatos: Nicolas não está lá. Olho na direção das muralhas, que me parecem sinistras. A ideia de que ele poderia ter caído me passa pela cabeça, mas a afasto de imediato. Volto também para a pista, encharcado, pingando. A multidão voltou a se compactar. Pulo com os dois pés juntos para tentar distinguir uma cabeça loira. Meus esforços são inúteis e, para piorar, sou xingado por um cara porque pisei em seu pé. Vejo Christophe, visivelmente muito bêbado, e François, cambaleando de cansaço, ambos inconscientes do drama que talvez esteja se desenrolando. Atravesso a pista mais uma vez, pelo meio e depois pelas laterais, vou do bar à cabine do DJ, da janela panorâmica à fila de bancos, esbarrando em baladeiros alcoolizados, passando ao lado de alto-falantes que me destroem os tímpanos, chegando a inspecionar os banheiros de alto a baixo: sem resultado. Uma espécie de pânico difuso toma conta de mim, mas tento racionalizar. Cruzo com Alice, que, diante de minha expressão preocupada, me pergunta o que aconteceu. Minto, garanto que "está tudo bem" e continuo minha busca, minha busca inútil. Por volta das duas da manhã, a pista começa a esvaziar, as pessoas saem da discoteca quase em fila, preciso admitir: Nicolas não está entre nós.

Quando informo os outros, eles não parecem compartilhar minha inquietação. Marc acrescenta: "Ele deve estar em algum lugar. Tem certeza de que não saiu para mijar? A cerveja não perdoa".

Eu quero acreditar neles, mas uma vozinha dentro de mim sussurra que estão errados e que Nicolas realmente desapareceu. Essa voz me irrita, mas insiste e consegue me exasperar.

Saímos, a chuva parou, as pessoas se dispersam com calma. As portas da discoteca logo são fechadas, os últimos funcionários jogam grandes sacos de lixo em contêineres, o segurança vai embora, o silêncio se instala. Decidimos caminhar até o porto, a ausência de Nicolas é um vazio, é a única coisa que se vê. Chegamos diante dos barcos, os mastros fazem um estúpido som de guizos, ficamos ali esperando, porque nunca se sabe, mas nosso amigo ainda não aparece. Começamos, quase sem querer, a nos olhar de maneira estranha.

Eu digo: "Não deveríamos avisar a polícia?". François se exalta: "Que bobagem!". Ignoro deliberadamente sua objeção: "A delegacia está fechada a esta hora, mas se ligarmos, com certeza alguém vai atender". Alice concorda comigo: "Sim, deve haver um plantão, ao menos em La Rochelle". Aponto para uma cabine telefônica: "Alguém tem moedas?". Christophe parece indiferente ao que dizemos, está digerindo a bebedeira, sentado em uma estaca de amarração. Marc se mantém à distância, como se não tivesse opinião. Talvez ele não queira contrariar a irmã, ao mesmo tempo se recusa a concordar comigo, porque minha angústia desperta seu ciúme, e conclui que é melhor ficar quieto. François tenta nos trazer à razão: "Vocês têm consciência de que ele provavelmente já foi para casa?". Eu me espanto: "Sem se despedir? Sem avisar?". Ele ironiza: "Você não é a mãe dele, que eu saiba, e ele é um homem feito, não tem que nos prestar contas". Eu insisto: "E ele teria voltado a pé? É uma boa caminhada!". Ele tem outra resposta na manga: "Ele vive andando, corre na praia, você acha que sete quilômetros são um problema?".

Tenho que reconhecer que os comentários de François são razoáveis, começo a ceder; então ele dá o golpe de misericórdia: "Além disso, ele fez a mesma coisa no mês passado". Levo um susto: "Como assim?". Ele explica: "A gente estava no Domalin, num sábado à noite, logo depois das provas do *bac*, Christophe estava junto, bem, no estado em que está agora não vai se lembrar, mas estávamos nós três e, de repente, o cara sumiu! Na manhã seguinte, ele passou na feira para me dizer que não tinha se sentido bem, que preferiu ir embora, e que esperava que a gente não tivesse ficado apavorado, eu disse que não, que a gente não ficou apavorado".

Sinto nitidamente o alívio de todos. Sim, claro, ele foi para casa. Afinal, Nicolas é um tipo solitário, isolado, misterioso. Com certeza foi isso que aconteceu. Com certeza.

Só que a vozinha continua me incomodando. Eu digo: "Então vamos até a casa dele de carro, talvez a luz do quarto ainda esteja acesa". François perde a paciência de vez: "Caramba, casem logo de uma vez!" – o que me vale um olhar zangado de Marc.

Ele conclui, todo confiante: "É só ligar pra mãe dele amanhã, vai ver que eu estava certo".

Examino meus amigos, percebo as marcas do cansaço, do suor, do álcool, noto a alça do vestido de Alice que deslizou para baixo do ombro, a camisa desabotoada de François e os pelos na curva de seu peito, fico um tempo olhando para Marc, para seus olhos azuis, tentando encontrar algo que me tranquilize de uma vez por todas.

Verifico os arredores, os terraços desertos, as portas trancadas das lojas, as janelas fechadas, os postes de luz acesos, o calçamento brilhando depois da chuva, os contornos da capitania ao longe, o mar escuro, e penso que o verão não é mais exatamente o verão àquela hora avançada da noite.

François diz: "Então, onde está estacionada a caranga, mesmo?".

No dia seguinte, por volta das oito horas, meu sono é subitamente interrompido, perturbado pelo estrépito de um som repetitivo. Como dormi pouco e mal, e bebi demais na noite anterior, não consigo identificar esse som, sei apenas que ele apita nos meus ouvidos, mas não consigo sair do semicoma em que estou mergulhado. De repente, essa sensação desagradável é acompanhada por um solavanco. Levo alguns segundos para entender que alguém está me sacudindo. Abro os olhos, mas a luz do corredor me obriga a fechá-los novamente e a me proteger com o antebraço, como se estivesse sendo agredido. Finalmente consigo entreabrir os olhos e reconheço Virginie. Ela fala. Não entendo nada do que está dizendo, mas sei que está articulando palavras, não há dúvida. Peço para ela falar mais devagar, então entendo perfeitamente o que diz, e o que ela diz imediatamente ativa uma angústia difusa: "É a mãe de Nicolas no telefone, eu atendi porque não tem ninguém nessa casa, como sempre. Ela quer falar com você".

Pulo da cama, estou nu, não me dou ao trabalho de colocar uma cueca, nem penso na garotinha de treze anos que está na minha frente, corro até a sala, o fone está bem ao lado da base, com sua capa de veludo verde oliva, sobre a pequena mesa redonda, entendo que posso não gostar do que vou ouvir, também entendo que, se for o caso, terei que encontrar as palavras certas, mas, na minha idade, não as domino, essas palavras pertencem à linguagem dos adultos, ou das pessoas que precisam lidar com más notícias.

A voz no fone está preocupada, a fala é truncada: "Sou a mãe do Nicolas, eu queria falar com o François, a irmãzinha dele me explicou que ele estava na feira, eu disse que passaria lá, mas ela disse: 'O Philippe está aqui, se quiser', e então me lembrei que Nicolas falou de você, acho que você já foi na nossa casa… Não me esqueci porque ele nunca traz ninguém em casa… Então… sei que vocês foram a Saint-Martin ontem, para um aniversário, eu acho… e como o Nicolas não voltou ontem à noite, queria saber se ele dormiu na sua casa… quer dizer, na casa do François…".

De pé, nu no meio da sala, não vejo o azul do céu do outro lado da janela, só vejo o pretume da noite anterior, recomponho quase mecanicamente a cronologia dos fatos: a noite que "estava normal" e, de repente, o sumiço de Nicolas no tempo de uma música, as buscas inúteis na pista lotada, as perguntas que nos fizemos às quase três da manhã em Saint-Martin deserto, a hipótese que formulamos, que ele teria voltado para casa por conta própria, e, à medida que falo, tudo me soa falso, entendo que algo não bate, agora que sei que Nicolas não está em casa, entendo que fomos inconsequentes, imaturos, irresponsáveis e, no fim, covardes.

No telefone, porém, a mãe não me culpa, pelo menos não me xinga, não nos xinga, na verdade ela já está em outro lugar, já pensa em desligar, em chamar a polícia, em mover céus e terra para que tragam seu filho de volta.

Ou já está no fundo de um abismo, o chão se abriu a seus pés e ela foi engolida. Murmuro palavras miseráveis: "Posso ajudar? Posso fazer alguma coisa?". Quando entendo que é tarde demais, que estamos seis horas atrasados, que deveríamos ter feito *alguma coisa* seis horas atrás, que eu deveria ter feito *alguma coisa* quando meu instinto me dizia, mas no fundo tive medo de ser ridículo, medo de alarmar, de preocupar sem necessidade, e, no fim, perdemos seis horas que poderiam ter sido preciosas. Ela murmura: "Obrigada, vou dar um jeito". Logo depois, ouço o som do telefone sendo desligado. Coloco o fone no gancho. Quando recobro os sentidos, Virginie está na porta. Ela diz: "Talvez você devesse colocar uma cueca".

Me visto correndo e vou para a feira. Preciso avisar François. Ele não pode fazer nada, claro, não pode agir, é tão impotente quanto eu, mas é impossível ficar sozinho com essa informação, o desaparecimento confirmado de Nicolas, simplesmente impossível, se eu ficar sozinho com isso vou enlouquecer. Não tenho intenção de cobrar nada dele, nem de recorrer ao lúgubre "eu bem que avisei", não, de jeito nenhum, para quê? O que ele nos descreveu ontem realmente fazia sentido, sim, realmente fazia, e, de qualquer forma, agora estamos todos no mesmo barco.

Enquanto subo a Rua Cailletière, na direção da Alameda das Escolas, percebo que estou passando da preocupação para o desespero, da comoção para a agitação, o medo difuso já está se transformando em um pânico que não consigo dominar. Para me acalmar, penso: deve ser apenas uma fuga de algumas horas. Os adolescentes às vezes têm essas melancolias que os fazem se afastar (essa frase – um tanto afetada, admito –, eu a escrevi, palavra por palavra, em um poema que compus no verão anterior, o que talvez prove que acredito nela). E, se alguém está tomado pela melancolia, esse alguém é Nicolas.

Então passo pelas malvas-rosa, que estavam aqui ontem, estão aqui hoje – a permanência das coisas me acalma. Um pouco. Só um pouco.

Chegando à feira, me posto na frente do caminhão. Atrás de três pessoas que esperam sua vez, por alguns momentos observo François ocupado no atendimento a uma cliente. Quando ele percebe minha presença, faz um pequeno gesto com a mão, sorri e volta ao trabalho. Ele ainda está na ignorância, portanto, na inocência. Penso que esse é um estado maravilhoso, a inocência. E que só nos damos conta disso quando a perdemos.

No primeiro momento de tranquilidade, faço sinal para ele descer e vir a meu encontro. Quando se aproxima, vejo que está limpando o sangue das mãos no avental. Ele diz, rindo: "Caiu da cama?". Não devolvo o sorriso. Conto a história do telefonema da mãe de Nicolas.

François me olha fixamente e dispara: "Porra, tá de sacanagem?".

Às duas da tarde em ponto, François, Christophe, Alice, Marc e eu estamos sentados em fila no corredor da delegacia de Saint-Martin, todos recebemos um telefonema, fomos convocados, obedecemos e não estamos nada tranquilos.

Passamos a manhã esperando que Nicolas aparecesse, mas, até o momento, nem sinal dele.

Mal nos olhamos, não porque estamos envergonhados ou constrangidos, mas porque estamos tomados pela emoção, acima de tudo, e não sabemos direito como lidar com ela. E também porque não estamos acostumados com delegacias, convocações, com essa gravidade, essa solenidade. E talvez porque sentimos que uma engrenagem foi posta em movimento, uma engrenagem que está muito além do nosso alcance. Pressentimos que investigações foram iniciadas (na época, não havia câmeras de vigilância, nem telefones rastreáveis, nem computadores cheios de segredos, nem cartões com *chips* rastreadores; os policiais se viravam como podiam, suas investigações eram como garrafas lançadas ao mar). Entendemos que os primeiros interrogatórios foram conduzidos, hipóteses foram levantadas e que agora estamos envolvidos na coisa toda. Nos limitamos a lançar olhares a nosso redor, aos cartazes da delegacia nacional, às cadeiras alinhadas contra a parede, sobre o piso de linóleo.

Tampouco nos falamos, poderíamos estar trocando impressões, comparando nossas memórias, até interrompendo uns aos outros para não misturar tudo em nossas cabeças e não esquecermos nada, não deixarmos nada de fora, mas o silêncio prevalece, estamos como que privados de palavras.

Depois de um bom tempo de espera, Alice pousa a cabeça no ombro de François. Não se deve atribuir um significado especial a esse gesto, a não ser – e isso já é muito – o fato de que ele expressa, à sua maneira, uma necessidade de consolo. François não se move, não aproveita a situação para abraçar Alice, ele a deixa à vontade, só isso, ele é irrepreensível. Marc, por sua vez, coloca rapidamente a mão em minha coxa, me viro para ele e abro um pequeno sorriso. Essa talvez seja a única linguagem que nos resta.

Alguns minutos depois, estamos novamente sentados lado a lado, dessa vez na sala do capitão. Ele é um homem de sessenta e poucos anos, está de uniforme, tem os cabelos grisalhos e bem curtos. Quanto a nós, alinhados diante dele, tenho certeza de que parecemos um bando de jovens idiotas. Pior, jovens idiotas cabisbaixos, patéticos. Ele parece personificar a autoridade e a seriedade, enquanto nós somos a inconstância e o desleixo.

Primeiro, sem perder tempo, ele resume a situação: "Como vocês sabem, temos um indivíduo ilocalizável". Guardo essa palavra comigo. Ela soa oficial, técnica – condizente com um relatório policial. Ainda assim, me parece menos violenta que desaparecido, sumido, volatilizado.

O homem continua, lê uma folha à sua frente: "Nicolas Tardieu, um metro e setenta e nove, cinquenta e sete quilos, cabelos loiros, olhos verdes". Penso que, para o capitão, essa é uma descrição corriqueira, um resumo objetivo; para nós, é uma apresentação desconcertante. Primeiro, porque sabemos quem é Nicolas, não precisamos que ele nos seja apresentado; depois, porque agora sabemos suas medidas exatas, e tomamos consciência de que as pessoas, especialmente *nesse tipo de circunstância*, podem ser designadas por características genéticas.

Foi a mãe, claro, quem forneceu esses detalhes, fizeram perguntas, as perguntas usuais, e ela deu respostas; essas respostas, ela as conhece bem. Ela provavelmente também entregou uma foto do filho, ou várias. Os investigadores devem ter pedido uma. Ela tinha fotos recentes? Às vezes os filhos são fotografados pequenos, na infância, depois isso se torna mais raro, eles mesmos se esquivam das fotografias, evitam posar, especialmente para a mãe. Ela teve que roubar momentos, capturar Nicolas sem ele perceber? E seriam essas fotos roubadas que ela teria entregado? Ou teria encontrado as 3x4 usadas para documentos de identidade, para formalidades administrativas, para o colégio?

O capitão prossegue: "Para que o retrato falado esteja completo, preciso de informações sobre a roupa que ele estava usando, a mãe não conseguiu ser muito precisa".

Caso tivéssemos a (inapropriada) ideia de culpá-la por essa lacuna, ele faz questão de esclarecer: "Ela não tinha motivo para prestar atenção especial na maneira como seu filho estava vestido". Ele acrescenta uma observação sensata, mas não menos terrível: "Ela não esperava não voltar a vê-lo".

É Alice quem responde, sem hesitar: "Ele estava usando um jeans rasgado nos joelhos, tênis Converse brancos e uma camiseta roxa sem estampa". O capitão se surpreende ou expressa uma vaga admiração: "Você parece ter muita certeza, senhorita". Ela responde com firmeza: "Eu tenho certeza". Ele deve pensar que as meninas se importam com essas coisas e os meninos, não. Ele ignora que são principalmente as apaixonadas (ou os apaixonados) que desenvolvem esse olhar atento, esse cuidado com os detalhes, esse especial tipo de concentração.

A seguir o policial vai direto ao ponto: "Vocês sabem a que horas o viram pela última vez?". Depois de checarmos entre nós, acabamos dizendo: "Uma e quinze da manhã". Ele anota cuidadosamente a informação. E faz um rápido cálculo mental: "Portanto, já faz treze horas que perdemos seu rastro". Sentimos um frio na espinha, sabemos que as primeiras horas são decisivas, vimos filmes e séries que insistem nesse ponto, que acabou entrando na nossa cabeça, embora até então nunca tenhamos nos sentido envolvidos, até então, aliás, sempre achamos que o cinema era apenas cinema.

O oficial continua o interrogatório: "Vocês diriam que ele bebeu bastante? Para que fique claro entre nós: não estou aqui para julgar ou para dar lição de moral, se ele estava bêbado ninguém será recriminado, posso garantir que nosso problema não é esse, nosso problema é encontrá-lo e, para isso, preciso saber em que estado ele estava quando foi visto pela última vez". Eu murmuro: "Ele tomou duas cervejas, no máximo, acho que não é de beber muito, Nicolas não exagera e tolera bem o álcool". Os outros concordam com o retrato que faço. O policial modera nosso otimismo: "Mas vocês não podem afirmar nada com certeza? Ninguém ficou com ele a noite toda?". Admitimos nossa derrota em coro. François acrescenta: "Sabe como é, não ficamos o tempo todo grudados uns nos outros, cada um tem sua vida".

(Mas já começamos a pensar que nossa falta de atenção talvez tenha sido culpada.)

O investigador quer mais detalhes: "Vocês acharam que ele estava bem? Não teve nenhum mal-estar, por exemplo?". Negamos com a cabeça.

François pergunta, como quem tem uma revelação: "O senhor acha que ele pode ter caído, é isso? Que ele pode ter caído da muralha?".

O capitão nos observa, parece se perguntar se pode confiar em nós. Ou talvez esteja avaliando se somos maduros o suficiente para digerir o que ele tem a dizer, ou se somos suficientemente próximos do desaparecido para ouvir suas conjecturas. Ele mesmo interrompe suas divagações: "Vocês precisam entender que meu trabalho é considerar todas as hipóteses. E a de um acidente, evidentemente, não pode ser descartada".

Eu protesto, apressado: "Se ele tivesse caído, vocês o teriam encontrado. Com certeza teriam encontrado". Ele responde com calma: "Isso é o mais plausível, de fato, mas inspecionar a orla leva tempo…". Eu o interrompo: "Vocês estão inspecionando a orla?". Ele continua, sem perder a calma: "Começamos as buscas de barco, sim, e alguns dos meus homens estão fazendo patrulhas visuais. Até agora, não encontraram nada". Eu digo: "Então ele não caiu". Ele me corrige: "Com as marés e as correntes em certos pontos, não podemos ser afirmativos, precisamos cobrir uma área maior para ter certeza".

No fim, só retenho de seu discurso uma frase: *Com as marés e as correntes em certos pontos*. Essa frase vaga me é tão insuportável que não posso deixá-la sem resposta. Bem na hora, me lembro das palavras de Nicolas na noite do 14 de Julho, quando mijamos das muralhas, o vi tropeçar e achei que ele fosse escorregar, ele riu e me disse:

112

"Eu não teria caído, sabe?". E é isso que grito para o policial: "Ele não teria caído, sabe, ele não é *assim*, ele não cai".

Mal termino a frase e percebo que ela é absurda, que não se baseia em nenhum argumento válido. Aliás, o olhar que o capitão me lança diz muito sobre o que ele pensa de minha intervenção.

Há algo mais grave ainda; logo me lembro do que Nicolas acrescentou naquela noite: "Seria uma bela morte". Me obrigo a acreditar que ele estava apenas brincando, tentando ser descolado. E evito repetir essas palavras sinistras para evitar que meu interlocutor siga nessa direção.

Em minha cabeça se forma, apesar de mim, a imagem distorcida e hipnótica de Nicolas de pé na beira de um parapeito, com um copo plástico na mão, observando, zombeteiro, a multidão dançando, Alice se afastando, Marc me puxando para o banheiro, sem perceber que está perto demais da borda, que o vento se levantou, de repente perdendo o equilíbrio. Seria melhor eu me concentrar nas perguntas do capitão.

Que justamente retoma o interrogatório: "Fora isso, aconteceu algo naquela noite que tenha parecido anormal a vocês?". Trocamos olhares e não encontramos nada a relatar. O fato de Alice ter colocado nosso amigo contra a parede não me parece relevante para aquilo que o investigador está buscando. Isso acontece o tempo todo, garotos e garotas que não se entendem, que não se gostam o suficiente, ou não ao mesmo tempo, que não têm desejos compatíveis, e isso não causa uma tragédia. Mesmo acreditando que Nicolas era um sujeito complexo, sensível, não consigo imaginá-lo abalado com esse episódio, pelo menos não a ponto de ficar *suficientemente* abalado.

No entanto, vejo que Alice parece desconfortável, como se uma espécie de remorso a consumisse.

O capitão insiste: "E nos dias anteriores?". Continuamos cabisbaixos, oferecendo como resposta uma careta ou um encolher de ombros desolado. Ele perde a paciência: "Vocês precisam acordar, acabamos de abrir uma investigação por desaparecimento de menor, então se souberem de algo, falem agora, e se nada vier à mente espontaneamente, façam um esforço de memória, não temos tempo a perder!".

Ficamos atordoados com sua reprimenda. No entanto, percebemos que ele tem razão e reconhecemos que sabe o que faz. Mas a verdade é que não pensamos direito. Por que pensaríamos? Ter dezoito anos é isso, viver no presente, não se preocupar com o passado, nem mesmo o mais recente, e viver na despreocupação, não ver gravidade em nada, não prestar atenção nos detalhes, achar que os detalhes não têm importância, sem saber que são eles que mais importam.

Os outros olham para fora, pela janela, tentando captar algo do mundo exterior, como se ele pudesse vir em seu socorro. Eu abaixo a cabeça, constato que um dos meus tênis está com o cadarço desamarrado. Sinto que aquele cadarço desamarrado resume toda a nossa miséria, toda a nossa impotência.

E de repente, nesse abatimento, nesse torpor, tropeço em uma das palavras usadas pelo capitão ao nos repreender: "menor". Pergunto: "Nicolas é menor de idade?". O policial não consegue esconder sua consternação: "É isso que vocês gravaram do que acabo de dizer?! E, ainda por cima, nem sabiam disso? Será que conhecem mesmo esse 'amigo'?". Ele consulta seus papéis nervosamente:

"Nicolas Tardieu, nascido em 31 de agosto de 1967, vai fazer dezoito anos em pouco mais de um mês, sim".

Percebo que nunca perguntamos sua data de nascimento. Nem quando falamos da carteira de motorista, nem quando organizamos o aniversário de Christophe. Ninguém pensou nisso, não nos passou pela cabeça. O policial tem razão: não, não conhecemos Nicolas, pelo menos não o conhecemos o *suficiente*.

Como se tivesse seguido meu pensamento, e porque a pergunta claramente o incomodou, François diz, desafiador: "Ele é nosso amigo, a gente não precisa saber tudo de uma pessoa pra ser amigo".

O capitão volta à calma e à postura firme: "Certo, vamos recomeçar. Por exemplo, ele falava com vocês sobre a vida no colégio?". François aproveita a deixa: "Comigo sim, de vez em quando". O policial sinaliza para que ele continue. François não entende: "O que o senhor quer saber?". O outro esclarece: "Ele teve problemas?". François ainda não entende. Eu ajudo: "Acho que o capitão quer saber se ele fez alguma besteira, se roubou, se usava drogas, é isso?". François protesta: "Não, ele não era assim, e se ele tivesse feito algo do gênero, teria me contado". O policial toca na ferida: "Tem certeza disso? Entendi que Nicolas não era do tipo que se abria...". François baixa os olhos.

De repente, uma lembrança me vem à mente, como uma iluminação. Falo bem alto, assustando todo mundo ali: "Tinha um cara ontem, na festa, no Bastion! Um cara do colégio dele, justamente, um babaca, desculpe senhor, eu digo babaca porque foi a palavra que ele usou, não eu, e Nicolas queria evitá-lo a todo custo". O capitão, interessado, quer saber mais: "Você sabe como ele era, esse... 'cara'?". Respondo: "Não, desculpe, não vi, só entendi que Nicolas ficou estranho quando o viu, realmente, estranho". O capitão me repreende: "Decida-se, você jurou antes que não havia nada de anormal". Eu me defendo: "Eu tinha esquecido, mas lembrei agora, pareceu estranho na hora, depois saiu da minha cabeça, mas agora que o senhor perguntou do colégio…".

Percebo que o capitão, à sua maneira, está nos ajudando a relembrar. Conduzidos por ele, estamos reconstituindo um quebra-cabeça, juntando as peças. E tenho medo de como pode ser a imagem final.

Ele encerra esse capítulo: "Muito bem, vamos investigar. Nunca se sabe…".

E ele emenda: "A mãe nos disse que ele nunca fugiu. Ele nunca falou para vocês de algum plano do tipo, nem em tom de brincadeira?". A pergunta nos pega de surpresa, embora eu tenha certeza de que cada um de nós, consigo mesmo, já considerou essa possibilidade. No fundo, não queremos que alguém coloque palavras tão diretas em nossas ansiedades secretas. Mais uma vez, respondemos em coro que não.

Até que Christophe diz: "Na verdade sim, um dia ele disse um negócio estranho… provavelmente foi uma bobagem, daquelas coisas que a gente diz sem pensar, no meio da conversa…". François e eu entendemos na mesma hora a que Christophe se refere. O policial o pressiona: "Diga mesmo assim". Christophe se explica: "Eu estava falando que não aguentava mais o trabalho de pescador, que às vezes pensava em ir embora, mas que não podia, e ele disse: 'Sempre podemos ir embora, sempre', algo assim, não é grande coisa, não corresponde ao que o senhor perguntou…". O policial anota a frase de Nicolas na folha diante dele. Ouvimos a caneta arranhando o papel.

Tomo coragem: "E vocês, encontraram algo que poderia sugerir uma fuga? Imagino que tenham ido até a casa dele, revistado o quarto, encontrado algo que indique que ele estava indo embora? Por exemplo, ele levou alguma coisa? Quando alguém vai embora por um tempo, geralmente leva algo, não?".

Os outros me olham com um misto de espanto e admiração: eles descobrem, junto comigo, que sou capaz de pensar como um policial. O capitão, por sua vez, sorri: "Fizemos tudo isso, de fato, meu jovem, e não encontramos nada".

Na verdade, eu quero desesperadamente que nada tenha acontecido com Nicolas, e faço o possível para provar, quase automaticamente, que nenhuma hipótese desagradável possa ser considerada, que tudo segue normal, em suma.

(Com o detalhe de que a ausência prolongada de Nicolas não tem absolutamente nada de normal.)

O capitão acaba com minha frágil esperança: "Às vezes um sumiço começa como uma fuga de verdade, as pessoas somem porque não veem outra opção, porque se sentem ameaçadas, e então não levam nada, não têm tempo ou oportunidade para isso. Vocês acham que Nicolas Tardieu se sentiu ameaçado?".

Chegamos a outro nível de espanto. Agora precisamos considerar que nosso amigo tenha cedido ao pânico, porque teria sido vítima de intimidação, chantagem, ou porque se meteu em alguma encrenca e não teve outra escolha a não ser desaparecer. No fim, começo a preferir a hipótese da fuga. Mesmo um acidente seria aceitável; muita gente sobrevive a um acidente. Percebo que em questão de alguns minutos aquilo que eu me recusava a imaginar se tornou o mal menor.

E nós, obedientes e atônitos, começamos a escarafunchar nossas memórias. Tentamos lembrar se Nicolas expressou algum medo ou mencionou algum inimigo. Sem nos determos no caráter desconcertante de tal busca.

Logo me lembro do que ele me contou sobre o pai: violência, distanciamento. E revejo o desenho rasurado que encontrei no dia anterior em seu quarto, com a casa vazia e silenciosa. Não me atrevo a falar daquele homem, porque não o conheço, e porque os pais, mesmo quando canalhas, sempre nos impõem algum respeito. Percebo o olhar impaciente do capitão. Então murmuro: "Acho que ele tinha uma relação difícil com o pai...". François se revolta: "Que história é essa?". Eu insisto: "É verdade, ele me disse...". François me encara como se estivesse me vendo pela primeira vez, mas o que o deixa mais perplexo, o fato de eu ter sido um confidente ou de eu estar entregando tudo?

O capitão apazigua a tensão: "Estamos cientes da situação, a mãe nos informou".

François diz: "Pois é, não estamos avançando muito, então".

Um raio de sol atravessa os vidros e vem lançar sobre o linóleo marrom da sala uma luz crua que nos cega por uma fração de segundo. Quase esquecemos o mundo externo, a vida que continua.

Quando voltamos a olhar para o capitão, notamos, pela primeira vez, que ele parece incomodado, e essa mudança em sua fisionomia é suficiente para me alarmar. Percebo a que ponto, nessa sala, nessas circunstâncias, nada mais é neutro ou benigno, tudo nos põe em alerta.

Ele começa: "Há uma pergunta que preciso fazer... Evidentemente, vocês devem entender que, em uma investigação dessa natureza, não podemos negligenciar nenhuma pista... No entanto, quero que compreendam que não é isso que estamos investigando como prioridade... Enfim... Nicolas já falou com vocês sobre... *a noção de suicídio*...? Mais uma vez, essa não é a nossa hipótese prioritária... Na verdade, conto com vocês para descartá-la, de certa forma...".

(Noto a delicadeza de sua formulação, a ideia de que o suicídio seria uma noção, um conceito, quase uma abstração.)

Não vamos mentir para nós mesmos, essa possibilidade passou por nossa mente, somos assim, não podemos ignorar completamente o pior, mas a afastamos logo, ao menos por superstição, para que não se realizasse, nos culpamos não por tê-la considerado, mas por tê-la formulado em segredo, e agora ela retorna, trazida por um terceiro, por alguém que sabe.

O capitão continua: "Nenhuma tendência depressiva? Nenhuma experiência negativa conhecida? Nenhum traço mórbido evidente? Nenhum sinal visível de automutilação? Nenhum fascínio por suicidas famosos?".

Ficamos assustados com sua enumeração (parece saída de um manual, elaborada por especialistas, e provavelmente é o caso). Dizemos "não" a tudo. Porque é a verdade (como a entendemos), ou porque dizer "não" também é rejeitar essa terrível especulação, afastá-la?

(Mesmo assim, tento lembrar mentalmente do corpo de Nicolas, para procurar ferimentos; admito que o corpo é uma metáfora.)

Olho para Alice e vejo lágrimas no canto de seus olhos, que ela seca nervosamente com o dorso da mão.

Nesse momento, o telefone toca, trazendo uma distração bem-vinda. O capitão atende. Não sabemos com quem ele está conversando, as únicas palavras que conseguimos ouvir são "buscas", "verificações nos hospitais", "convocação de testemunhas", "alerta de desaparecimento".

Penso: pronto, já não é uma coisa trivial, nem um pouco, uma engrenagem foi definitivamente posta em movimento, uma engrenagem que nos escapa, na qual teremos apenas um papel muito secundário, subalterno, na qual estamos reduzidos a esperar um desfecho, tudo está nas mãos de especialistas, o futuro depende de investigações, levantamentos, checagens, dispositivos, mecanismos; sentimos um aperto na garganta, uma leve vertigem, o sangue martelando nas têmporas. Olho para o amplo escritório sem encantos, vejo os armários metálicos, as persianas de lâminas, as paredes cinza, a foto oficial do presidente da República, e vejo a nós mesmos, minúsculos, insignificantes.

Ao desligar, o capitão percebe nossas expressões amedrontadas, devemos parecer crianças pegas no flagra, ele percebe que suas palavras nos alarmaram. Então tenta nos tranquilizar: "Vocês não precisam se preocupar, hein, esse é procedimento normal, temos regras na delegacia para esse tipo de situação, ter regras é uma coisa boa".

Ele fala conosco como se fôssemos crianças. Devemos *realmente* parecer crianças.

Ele continua: "Ainda esperamos um desfecho rápido e feliz. Já vimos muitas pessoas sumirem e depois reaparecerem". Alice se surpreende: "É mesmo?". Ele confirma: "Sim! Pessoas que queriam chamar a atenção, medir sua popularidade, ou pessoas que se sentiam em um buraco negro, ou pessoas tristes, um pouco perdidas".

Não acredito que Nicolas esteja tentando chamar a atenção, e ele não está nem aí para sua popularidade. Não sei o que é um buraco negro, imagino que seja uma espécie de afastamento momentâneo da realidade, uma dissociação do mundo, não sei como isso acontece. No entanto, não descarto a possibilidade da tristeza. Tenho quase certeza de que Nicolas carrega tristeza. Até mesmo Virginie, do alto de seus treze anos, quando dizia que ele estava "totalmente quebrado por dentro", não tinha percebido isso?

O capitão nos observa: "Terminamos. Nada a acrescentar? Não há algo que vocês tenham esquecido e que possa nos ajudar? Não? Bem, se lembrarem de algo, fiquem com o número daqui, é só ligar, não hesitem".

Ele se levanta e nós o imitamos, em desordem, com certo atraso. As cadeiras rangem. Ele nos acompanha até a porta: "Ah, sim, uma última pergunta. Ele nunca mencionou a existência de um lugar onde gostasse de se refugiar?". Trocamos olhares e, mais uma vez, não temos uma resposta. Saímos de lá com uma sensação de inutilidade.

Voltamos à cidade, seu movimento, seus sons, seus cheiros. Demoramos para nos readaptar ao que no entanto nos é familiar, as pessoas que descansam nas mesas dos restaurantes depois de comerem mexilhões com batatas fritas, as que passeiam pelas ruas olhando as vitrines das lojas de roupas e de suvenires, as que saboreiam um sorvete ou um *waffle* percorrendo a orla, as que vão à praia, os turistas que chegam porque é sábado. Na verdade, ficamos surpresos que tudo esteja do mesmo jeito de sempre. Porque, para nós, *o que está acontecendo* não tem nada de comum. Ficamos parados, com as pernas bambas, sem saber o que fazer com nossos corpos.

É François quem nos tira do torpor: "Já que estamos aqui, que tal um sorvete no La Martinière?".

Alguns minutos depois, estamos sentados em torno de uma mesa redonda, onde reinam taças de sorvete: uma de café com chantilly, outra de pêssego em calda com cobertura de frutas vermelhas, uma de baunilha com chantilly e chocolate quente, e outra de pera cozida com cobertura de chocolate – todas enfeitadas com línguas-de-gato e guarda-chuvinhas coloridos de papel espetados no topo das bolas de sorvete. (Havia uma sala, naquela época, um lugar para sentar, para passar o tempo. Hoje, resta apenas o balcão que dá para a rua, na frente do porto.)

Lembro que essa sorveteria era, para mim, a caverna do Ali Babá, quando eu era criança. Christian me levava lá e eu tinha o direito de escolher o que quisesse. Eu demorava uma eternidade para decidir, hesitava entre vários sabores, vários tipos, deixava a garçonete esperando, embora ela precisasse atender muitas outras mesas, muitas outras crianças, até que eu finalmente tomava uma decisão e vivia como uma tortura o fato de ter que esperar que me trouxessem o objeto do meu desejo. Eu devorava meu sorvete assim que o colocavam diante de mim. Aliás, eu o engolia tão rápido que ficava com dor de cabeça instantaneamente, sentia como se um fio de gelo percorresse meu cérebro até os olhos, causando uma dor insuportável, que felizmente desaparecia tão rápido quanto surgia. Por mais que Christian insistisse para que eu comesse devagar, eu nunca o ouvia. Hoje, essa lembrança quase me embrulha o estômago. O La Martinière não é mais o território da minha infância mimada, é o território da nossa prostração adolescente.

O objetivo de François ao nos trazer aqui, é, evidentemente, nos fazer "arejar as ideias". Não dá certo. Só pensamos nisso, é claro. Só pensamos nele. Não conseguimos nos livrar da perplexidade ou da angústia.

Inevitavelmente, voltamos ao mórbido jogo da especulação. Pior: liberados da presença tutelar e paralisante do policial, soltamos as rédeas.

Tememos o estúpido acidente mais do que tudo. Alice é a primeira a retomar a hipótese da queda das muralhas: "Temos que admitir que pode ter acontecido, ainda mais à uma hora da manhã, de bebedeira, ou alguém pode tê-lo empurrado sem perceber, havia caras completamente bêbados naquela boate, ou que não se entregaram com medo das consequências". Eu protesto: "E ninguém viu nada?!". Alice sugere: "Pode ter acontecido mais longe, perto do farol, naquela hora não devia ter muita gente". (Ela claramente pensou em tudo, e essa preocupação revela, à sua maneira, o impulso que a levou até ele, bem como a decepção que se seguiu; algo ainda resta disso.) Pensamos: sim, ok, isso é possível. Marc intervém: "Não é necessariamente fatal, não é tão alto assim!". Christophe o corrige: "Sinceramente, se você cair de cabeça nas pedras...". Ficamos horrorizados com a imagem. Marc ainda alimenta uma esperança: "Nesse caso, ele teria sido encontrado, não acredito nessa história de correntes". Christophe é taxativo: "Quando a maré baixa, as correntes são muito fortes e puxam para o sul".

Com essa observação, nossas últimas resistências, de repente, desmoronam.

Eu digo: "Nesse caso, temos que ir até o fim e imaginar que alguém o empurrou de propósito". François me repreende: "Ficou maluco?". Insisto: "Sei lá, ele viu um cara que não queria ver, eles podem ter se esbarrado e brigado". François ainda não acredita: "Você pode brigar sem atirar o outro no mar!". Eu refresco sua memória: "A gente pode falar do cara com quem você brigou ano passado, no *camping*, nem lembro o motivo, mas você ficou furioso e quase enfiou a cabeça dele na privada". Ele dá de ombros: "Eu nunca teria feito isso!".

Todo verão tem confusão, brigas entre turistas e moradores, quase sempre os envolvidos têm menos de vinte anos. Quando a noite chega, o álcool e o calor ajudam a abrir as comportas.

Alice faz as vezes de juiz de paz: "Estou mais inclinada para a fuga. Uma fuga é verossímil, não?". Todos concordam vigorosamente. Ela acrescenta: "Nico é estranho, né, todos concordam?". Todos concordam novamente (e eu concluo que ela tem uma queda por caras estranhos). No entanto, rompo nossa unanimidade: "A gente não teria percebido nada? Nada mesmo?". Alice tem uma explicação: "Ele é misterioso, não fala muito, quando você é assim, pode esconder qualquer coisa dos amigos". Eu digo: "Ou a gente não prestou atenção".

Não resta a menor dúvida que não prestamos atenção suficiente nos outros, em sua angústia íntima, oculta, nos sinais que eles às vezes nos enviam, porque estamos preocupados com nós mesmos, com nosso próprio prazer ou nosso próprio desamparo, e preferimos a ignorância, que não exige esforço, ou repelimos o "pensar demais", por uma questão de idade, porque é verão e no verão nada tem seriedade. Mas, no fim, essa indiferença pode ter se transformado em uma terrível negligência.

Mais tarde, na solidão, virão os cruéis "e se?".

E se, naquele famoso sábado, tivéssemos decidido passar a noite na casa de Christophe, aproveitar que seus pais tinham ido visitar uma tia doente no continente? Se tivéssemos nos atirado no sofá da sala para assistir *Indiana Jones*? Tínhamos achado a fita dois dias antes, hesitamos em comprá-la. Além disso, Christophe estava bastante orgulhoso do novo videocassete da família.

E se, ao longo daquela noite funesta, eu não tivesse ido dar uns beijos no Marc, pensando só no momento e em suas alegrias ilusórias, em vez de perder Nicolas de vista?

E se eu tivesse me importado mais com seus silêncios, com suas discretas preocupações? E se eu tivesse entendido que a indiferença, às vezes, serve apenas para mascarar tempestades interiores?

Sim, ele talvez tenha deixado pistas, mesmo que tênues, e nós tínhamos passado reto por elas, *eu* tinha passado reto por elas.

Christophe pensa em voz alta: "Ou então é como o policial disse, ele decidiu na hora, aconteceu alguma coisa e ele deu no pé". François duvida: "Que coisa é essa que faz você sair correndo, hein?". Christophe desconversa: "Como vou saber? Talvez ele tenha feito uma besteira e essa besteira tenha cobrado seu preço…". Eu digo: "À uma da manhã, na balada?". Christophe se irrita: "Ah, vocês enchem o saco!".

Marc então diz, como se estivéssemos em uma investigação dos *The Famous Five*: "Ou então tem a ver com o pai dele…".

Os outros caem em cima dele.

Sou o único a defendê-lo: "Nicolas me disse que o pai ameaçou vir, e que ele não era um cara fácil, ele não entrou em detalhes, mas falou de violência". Os outros baixam o tom. Alice murmura: "E daí? Ele teria vindo para a ilha? Para fazer o quê?". Marc inventa uma história: "Eles podem ter se encontrado antes da balada, lembrem que ele parecia muito distante…". Alice insiste: "E daí?". Marc continua a especular: "Se o pai ameaçou vir atrás dele, para irritar a mãe ou por algum outro motivo, Nicolas pode ter decidido sumir…".

François encerra o assunto: "A gente não está num filme, vocês estão viajando!".

Eu digo: "Sim, estamos viajando… O problema é que tudo é plausível".

A hipótese que ninguém ousa retomar é a da morte voluntária. Ninguém se mata aos dezessete anos. Né?

Vinte e uma horas desde que Nicolas desapareceu. A noite caiu, François e eu voltamos para casa.

Depois do jantar, ficamos na cozinha, de um lado e do outro da mesa. François tirou da geladeira uma lata de Coca-Cola, mas não a tocou. Eu fico girando uma bolinha de miolo de pão com a ponta do dedo, na toalha de mesa, até ela escurecer. Não dizemos nada, quase não nos olhamos.

Sabemos que um alerta foi emitido, ainda sem resultado, que os hospitais da região foram todos notificados, em vão, que os bombeiros talvez utilizem um cão farejador.

Nossos pais, por sua vez, foram se sentar na sala, ouvimos a conversa, embora eles estejam sussurrando, estão falando do desaparecimento, como seria possível falar de outra coisa? Mais cedo, durante o jantar, expressaram seu horror e sua compaixão, disseram coisas como: "É terrível, realmente", se limitaram a sentimentos nobres e à superfície das coisas. Agora, começam a soltar a língua.

Christian é o primeiro a falar: "Vai saber, o garoto pode ter se metido em alguma coisa suspeita". Meu pai tenta entender: "Em que está pensando?". Christian responde sem rodeios: "Drogas. Talvez ele usasse escondido, talvez estivesse vendendo, talvez andasse com más companhias, todo mundo sabe que tem mafiosos por trás dessa porcaria". Meu pai hesita: "Você percebe quando um adolescente se droga ou trafica, a mãe dele teria notado, não?". Christian o interrompe: "Está falando sério? Nossos filhos são mestres em esconder o que fazem e nos enrolar com mentiras". Anne-Marie acrescenta: "François, por exemplo, começou a fumar e não nos disse nada, claro, eu descobri por acaso, um dia em que passei pelo centro de carro, ele estava fumando na frente do carrossel, não me viu".

François sorri, um sorriso abatido, cansado. Sem emoção. Ele murmura: "Eu vi que ela passou de carro, o que ela está pensando?". Eu penso no que escondi por tanto tempo, no que acabei confessando quando não aguentei mais mentir; é perfeitamente possível enganar os outros.

É tão verdade que não sei dizer se Nicolas usava drogas. Tenho a impressão de que não, mas não posso afirmar nada, e isso me perturba imensamente. No fundo, sou como nossos pais admitindo que não têm certezas sobre seus filhos: eu também preciso admitir uma vertiginosa ignorância.

Christian não para por aí, já começa a criar outro cenário: "Ou ele foi enganado por um pervertido, tem tarados por toda parte, principalmente no verão, caras suspeitos que aparecem, ficam rondando, nunca sabemos direito quem são". Meu pai duvida: "Acha mesmo?". Christian é categórico: "Claro! E você sabe o que mostram na televisão, pedófilos, estupradores, por que seríamos poupados, por que não aconteceria aqui?".

Para nós, só os pais, só os adultos conseguem imaginar coisas tão horríveis. Elas nunca nos ocorreriam. Não sabemos muito sobre a escuridão da alma humana, não acompanhamos as notícias, ou não muito. E confiamos nas pessoas, acreditamos nelas, não as consideramos más, apesar de não sermos ingênuos, mas é mais fácil assim, é mais reconfortante pensar que os outros não são perversos, monstruosos. Mais tarde, vamos perder essa ilusão.

Então Christian se torna ainda mais imaginativo e angustiante: "Ou ele foi manipulado por gente estranha, como é que a gente chama mesmo, ah, sim, gurus, dizem que tem uma porção de seitas por aí agora". Meu pai, sempre cartesiano, o traz de volta à razão: "Agora você está delirando, Christian". Christian se defende: "Você vai me dizer que nunca ouviu falar desses caras completamente malucos que prometem voltar à natureza, ou sei lá o quê, e levam os palermas para o meio do mato e nunca mais se ouve falar deles?". Percebo que meu pai acusa o golpe: "Não teria havido sinais?". Christian insiste: "No fim das contas, a gente não conhece direito esse garoto. Ele e a mãe chegaram à ilha no inverno passado, vieram de Tours ou Poitiers, algo aconteceu por lá, pelo que entendi, umas histórias estranhas".

Essa última observação me deixa pensativo. De fato, penso nos sorrisinhos que damos às pessoas quando elas estão na nossa frente e no veneno que despejamos sobre elas assim que viram as costas. Nas más reputações que nos fazem acreditar que estamos do lado certo. Em momentos dramáticos, às vezes mostramos nosso pior lado. Pela primeira vez na vida, sinto raiva de Christian.

É minha mãe quem defende os Tardieu: "Eu penso na mãe, que está sozinha em casa agora, esperando um sinal de vida. Vai ver está no quarto do filho, esperando que volte para casa, se perguntando o que aconteceu, ela deve estar enlouquecendo. Ou então está telefonando para as pessoas, a família, os amigos, para saber se alguém viu ou tem notícias dele. E imagino que ela não vá dormir essa noite. E talvez nem nas próximas".

O silêncio toma conta da sala. Imagino que em meio a feições pesarosas.

Chegamos a sentir o medo ancestral dos pais, o terror de perder um filho.

Virginie aparece na cozinha, vinda não se sabe de onde. Foi informada do desaparecimento de Nicolas. Ela se posta na nossa frente e diz: "Pensem comigo: e se ele tiver perdido a memória? Não riam! Isso acontece, vi um filme um dia, na televisão, um filme americano, um cara caiu de cabeça e perdeu a memória, não lembrava nem do nome, nem de onde morava, no fim não podia voltar para casa e não podia avisar ninguém". Tento gentilmente conter sua imaginação: "Sim, pode ser, mas a vida não é exatamente um filme americano". Ela dá de ombros, ofendida.

Sem olhar para a irmã, François diz: "Estou exausto, vamos dormir?".

Ele se levanta e eu o sigo. Poucos minutos depois, estamos deitados em nossas camas, na escuridão. Não nos falamos. Ouço sua respiração, ele não consegue pegar no sono e certamente percebe que eu também não estou dormindo.

Tento entender por que esse desaparecimento me afeta tanto. Ele é muito preocupante, sem dúvida, mas envolve um garoto que encontrei pela primeira vez há dez dias, eu deveria ser capaz de me manter distante. Eu deveria estar preocupado, mas não necessariamente abalado. Infelizmente, as coisas não funcionam assim.

Eu poderia jurar que François ouviu todas as minhas reflexões, porque ele diz: "É verdade que não o conhecemos tanto assim, mas estávamos lá quando ele sumiu. Estávamos lá, porra!".

No domingo, uma busca é organizada, ou melhor, improvisada às pressas pela polícia, assistidos pelos bombeiros, sinal de que o desaparecimento é levado muito a sério e que a esperança é mínima.

Participam todos os voluntários que desejam contribuir. Somos pouco mais de quarenta pessoas. Aquela mãe isolada era nova demais na localidade, pouco conhecida para inspirar uma verdadeira compaixão. E é verão. No verão, as pessoas têm outras coisas a fazer.

As forças de segurança organizam grupos e os despacham em várias direções. Uma zona prioritária é definida, de acordo com critérios que não nos são comunicados: é preciso esquadrinhá-la. Somos enviados à procura de indícios, "pedaços de tecido, objetos pessoais, pegadas", mas todos entenderam bem que o objetivo é, no melhor dos casos, encontrar um garoto desacordado; no pior cenário, seu cadáver.

Agora estamos percorrendo caminhos sombreados, matas cobertas de ramos de pinheiro, campos onde cresce o capim, os olhos fixos na terra árida, arenosa, abrindo portas de construções abandonadas, sondando valas, pulando taludes, afastando arbustos, olhando de maneira diferente para paisagens familiares, pressentindo que elas poderiam, pela primeira vez, nos partir o coração.

Avanço sem jeito, rezando para não ouvir alguém gritar ao longe "encontrei algo". Para não descobrir eu mesmo o corpo sem vida de Nicolas. Meu coração para de bater quando vejo, a alguns passos de mim, uma forma que acaba sendo um simples montículo. De vez em quando, olho para François: ele parece ao mesmo tempo concentrado e resignado.

Penso comigo mesmo: toda essa cena é irreal, desconcertante, não podemos estar vivendo isso. Quando tento me distanciar e contemplar o momento como se não fizesse parte dele, a loucura da situação me salta ainda mais aos olhos. Não deveríamos estar aqui, não estamos preparados para esse tipo de coisa, não somos feitos para isso, é demais para nós, nos assusta. E, no entanto, aqui estamos, seguimos em frente, concentrados, meticulosos, obedecendo a diretrizes ao mesmo tempo precisas e insensatas. A única certeza é que vamos nos lembrar disso, é inesquecível. Inesquecível. E, evidentemente, não sairemos ilesos. Estamos perdendo nossa candura, nossa despreocupação, nossa pureza. Nossa inocência. Sim, é isso, exatamente isso: é o fim da inocência.

Às três da tarde, as buscas são oficialmente encerradas. "Não vamos encontrar nada", afirma um homem de uniforme. Não sei se esse fracasso me abate ou me tranquiliza. Sei apenas que a ausência de Nicolas se tornou ainda mais concreta. Ela era um desvanecimento. Agora é um apagamento.

E o vazio se faz presente, nos fere. Ser privado dele, do garoto loiro e enigmático, do companheiro cativante, nos parece subitamente, e pela primeira vez, insuportável.

Voltando para a Praça Tilleuls, cruzamos com três caras saindo do L'Escale, ou melhor, irrompendo lá de dentro, muito exaltados e visivelmente embriagados. Eles gritam, agitando os braços, que Bernard Hinault acaba de vencer seu quinto Tour de France.

François resmunga: "Sinceramente, não estamos nem aí".

Inacreditável: Nicolas caminha em minha direção, sorrindo, fazendo um gesto com a mão que parece um chamado, um convite, zombando de mim, pronunciando palavras que não consigo ouvir.

E a imagem se repete: ele avança, faz um sinal, desliza os dedos pelos cabelos para arrumá-los, fala sem que eu consiga entender, não consigo alcançá-lo. E então começa tudo de novo, como se uma fita tivesse sido rebobinada e rodasse outra vez, uma fita sem som. E a imagem se torna obsessiva, se repete, roda em *loop*.

De repente, acordo.

Somente em sonho Nicolas dá um passo depois do outro e exibe esse sorriso inefável.

Estou sozinho no quarto, não há ruído algum ao redor. Levanto e me sinto entorpecido, um banho vai me fazer muito bem. Fico um bom tempo sob o jato de água quente, não penso em nada, me concentro em minha pele bronzeada e brilhante.

Depois tomo um café, de pé na cozinha. Pela janela, vejo meus pais sentados em torno da mesa do jardim, meu pai lê o jornal, minha mãe está debruçada sobre as palavras cruzadas, eu deveria me sentir tranquilo ao constatar que tudo continua, que tudo pode continuar, mas fico ainda mais consternado. Na verdade, reprovo a indiferença deles, embora ninguém espere que se comportem de outra forma. Afasto essa estúpida irritação. De repente, os dois levantam a cabeça ao mesmo tempo: Marc está no portão de entrada. Sua presença me surpreende, imagino que ele esteja perguntando se estou em casa, vou a seu encontro.

Beijo meus pais antes de dizer a Marc: "Vem comigo, vamos ficar mais à vontade lá dentro". Minha mãe dá uma olhada rápida em nossa direção, claramente se perguntando sobre o rapaz atlético que se interessa por seu filho. (Em retrospecto, sei que ela não estava se perguntando, ela já tinha entendido.)

Quando chegamos à sala, ele explica logo o motivo da visita: "Vamos embora à tarde, devolvemos as chaves da casa". Eu o encaro surpreso: "Você não tinha dito que só iam embora no próximo sábado?". Ele explica: "Alice não quer mais ficar, não conseguia se imaginar voltando para a praia ou para o café como se nada tivesse acontecido, ela implorou para os meus pais, que concordaram, por isso vamos para a casa de uns amigos em Deauville".

(Claro que eles têm "amigos em Deauville". Claro que eles podem mudar de planos com um estalar de dedos.)

Ele continua: "É doido, acho que ela perdeu toda a esperança de que Nicolas apareça. Na verdade, tenho certeza. Hoje cedo, estávamos tomando café da manhã e ela disse: 'Nunca mais o veremos'. Eu disse que era absurdo, que ela não sabia de nada, que fazia só dois dias, ela não quis ouvir, falou em intuição, bem assim, disse que tinha uma intuição de que ele não voltaria. E ainda acrescentou uma coisa sinistra, não sei se devo contar, ela disse: 'Sei lá, talvez tenha sido o próprio François que o empurrou. Por ciúme'. Eu disse que ela estava delirando completamente. Então ela pediu desculpas, disse que não saber o que aconteceu estava deixando ela louca".

Fico sem palavras. O que Alice ousou especular a respeito de François, mesmo que de maneira velada, e mesmo que talvez se deva atribuir isso ao estado de confusão provocado pelo choque e pela dor, a torna subitamente odiosa aos meus olhos. Marc percebe. Ele rapidamente coloca a mão sobre minha boca para me impedir de dizer algo irreparável. Viro lentamente o rosto para me livrar de sua pressão. Baixando os olhos, me contento em murmurar: "Não é certo ir embora assim tão rápido, devemos aos desaparecidos esperar por eles, ao menos um pouco". E então, mentalmente, repito a premonição: "Nunca mais o veremos".

Prefiro mudar de assunto: "Você pode ficar... E se encontrar com eles depois...". Ele sorri um pouco: "Não falta vontade...". Nos aproximamos, ele segura meu rosto com as mãos, nos beijamos, há afeto nesse beijo, não resta a menor dúvida, e sou o primeiro a ficar desconcertado porque, depois de Thomas, decidi não me apegar ao primeiro que aparecesse e não confundir desejo sexual com sentimentos, mas não posso negar, esse maldito afeto é inconfundível.

Então entendo que o beijo é um beijo de despedida. Entendo que nunca mais nos veremos, Marc e eu, mesmo cedendo à tolice de prometer o contrário. Entendo que algo chegou ao fim, foi quase nada, um romance de poucos dias, uma paixão de verão, ridícula e encantadora, mas a verdade é que tenho dificuldade – já – com o fim das coisas.

Eu gostaria de ficar mais um pouco com o tenista, levá-lo para o quarto e tirar sua roupa, ou até mesmo chupá-lo ali mesmo, na sala, eu gostaria que a sensualidade e a animalidade prevalecessem, mas deixo o beijo terminar sem tentar mais nada.

À tarde, estendido no sofá, tento ocupar minha mente conversando com Virginie. Ela entendeu tão bem minha pobre estratégia que não menciona o desaparecimento. Em vez disso, discorre longamente sobre Eros Ramazzotti, jurando, com a mão no coração, que gostar "dele também" não significa trair o Modern Talking, depois, sem aviso, muda de assunto para o Bébête Show, que confesso não assistir: "Faz bem", ela me assegura, "está cada vez pior". Consciente de minha desatenção, ela se aproxima e sussurra: "É normal estar triste. Mas a tristeza não adianta nada, adianta?". Olho para ela, desconcertado, indeciso entre um sorriso e um soluço. Então ela acrescenta, com toda a calma: "Ainda mais porque a gente já tinha adivinhado que acabaria assim…". Perplexo, e mesmo atordoado, me preparo para perguntar o que ela quer dizer com isso quando François aparece na porta e sugere, com um tom que não admite discussão, uma ida a Les Grenettes. A contragosto, deixo Virginie com sua intrigante clarividência e sigo seu irmão, pois entendi que ele também busca uma distração, um subterfúgio, e quer voltar à leveza de antes.

Foi para lá, no entanto, que fomos com Nicolas no primeiro dia, quando cheguei na ilha, foi lá que comecei a conhecê-lo; não menciono essa lembrança a François, ele talvez tenha esquecido. Quando nos sentamos na praia, encostados na paliçada, percebo, por sua mandíbula cerrada, que ele se lembrou de tudo. No entanto, permanece em silêncio.

Observamos as pessoas na praia, os corpos amontoados, as toalhas alinhadas, os guarda-sóis enterrados na areia, as crianças vigiadas pelos pais, as garotas balançando a cabeça com fones de ouvido, os garotos furando as ondas, o mar cintilando, os barcos ancorados ao largo e, sem mais nem menos, François murmura: "Me arrependo do que disse sobre ele, magro que nem um palito, mudo que nem pedra, torturado e tudo o mais, me sinto um idiota". Eu digo: "Culpa mal resolvida". Ele se irrita: "Vem, vamos embora".

Enquanto voltamos para La Noue, com o sol nos olhos, ele resmunga: "Você viu que quase ninguém mais fala sobre ele? No fundo, todo mundo está cagando". (Na época, não havia canais de notícias 24 horas ou redes sociais agindo como caixas de ressonância, surfando em escândalos, comercializando emoções, fabricando ilusões, alimentando psicoses.) É preciso admitir que o desaparecimento incompreensível de um adolescente causou apenas um breve alvoroço, uma comoção passageira, que parece ter sido varrida para longe como folhas ao vento. Já não é um assunto.

François sugere uma visita à mãe de Nicolas. Não consigo conter certa surpresa: "Para dizer o quê?". Ele admite sua própria confusão: "Não sei". Mesmo assim, seguimos pela Rua Chênes, nos aproximamos da casa, mas de repente François se imobiliza. Ele fica olhando a fachada, depois se vira para mim: "Você tem razão, para dizer o quê?".

Voltamos imediatamente. Não há ninguém nas ruas a essa hora. Nossa solidão é imensa.

No dia seguinte, não aguentando mais, tomo a iniciativa de ligar para o capitão da delegacia. Fico esperando um bom tempo na linha. O homem deve estar ocupado, ou não tem tempo para um adolescente preocupado. No entanto, para minha grande surpresa (ele tem pena de mim?), ele acaba aceitando me atender, tomando o cuidado de esclarecer logo de início que está com pressa e que reserva suas explicações para a família, o que aceito sem dificuldade. Para evitar ser dispensado rapidamente, decido perguntar sobre a informação que eu mesmo lhe forneci: a presença, no Bastion, do garoto que Nicolas queria evitar. A resposta sai rápida: "Nós falamos com a mãe dele e ela fez a conexão, é de fato um aluno do mesmo colégio, Patrice Augier, ficamos sabemos que eles tinham uma relação... conflituosa, para falar a verdade, esse Patrice Augier passou o ano todo fazendo uma espécie de... intimidação com Nicolas, zombava regularmente de sua aparência, achava ele... 'afeminado', se entendi bem, zombava também do gosto dele por desenho, um dia chegou a pegar sua pasta de desenho e jogou todo o conteúdo no pátio de recreação, e como Nicolas tinha poucos amigos ninguém o ajudou, acho que ele era muito solitário e, como não era dos mais fortes, nunca se defendeu também, e quando não nos defendemos, você sabe, os agressores continuam e continuam, além disso era um colégio meio difícil, a atmosfera lá era bem degradada, deixaram prosperar alguns valentões, como esse Patrice Augier, que, claro, também não passou no *bac*, vai repetir o ano, o que significa que o reencontro com Nicolas estava programado para setembro".

Do lado de cá da linha, me sinto atordoado, desorientado. Primeiro, visualizo as cenas, vejo os empurrões nos corredores, as pancadas intencionais, as provocações, as intimidações, os desenhos voando pelo pátio. Ouço os insultos, as palavras grosseiras, a estupidez vulgar. Avalio o efeito da repetição. Conheço tudo isso, conheço de cor. Sei que às vezes a única maneira de suportar os abusos é se fechar em si mesmo, se isolar.

Também descubro outro Nicolas. Ou melhor, entendo que cada uma das qualidades que lhe atribuo tem seu reverso: seu isolamento é um medo, ou a lembrança de um medo, seu silêncio é uma dificuldade de falar, sua suavidade é uma fragilidade, sua solidão é uma exclusão, sua beleza feminina é um fardo, seus desenhos são um grito ou uma queixa que ninguém ouviu.

Mais uma vez, penso no que as pessoas nos dizem nas entrelinhas e que não percebemos, o que elas nos mostram de si mesmas e que não vemos, porque estamos ocupados com outra coisa ou simplesmente distraídos, porque a vida do outro no fundo não nos interessa tanto, ou porque não sabemos que aquele que de longe parece saber nadar, na verdade pode estar se afogando. Penso em nossa indiferença e em nossa despreocupação, que na maioria das vezes não têm consequência e que às vezes se revelam culpadas. Penso naqueles que deixamos partir sem entender que eles em silêncio nos suplicavam para que os segurássemos.

O capitão continua sua exposição, provavelmente sem suspeitar dos meus pensamentos: "Interrogamos esse Patrice Augier, ele ficou em choque, literalmente, disse que nem viu Nicolas e... parecia sincero... Eu não deveria falar dessa maneira, mas, na verdade, sua estupidez o inocenta... Além disso, os amigos dele garantiram que não o deixaram por um segundo e também não viram Nicolas, havia quase quinhentas pessoas na discoteca, é bastante plausível". Não sei o que pensar. Eu gostaria que esse Patrice tivesse motivos para ser investigado, mas não quero que ele seja culpado de nada. Eu gostaria de uma resposta, mas não essa. O mais simples ainda é confiar no policial.

Eu digo: "Então o que aconteceu naquela noite? Nicolas saiu da balada e, em algum momento, teve uma queda feia, é isso?". O capitão limpa a garganta, deixa passar alguns segundos, hesita e finalmente responde: "A busca não forneceu nenhuma informação nesse sentido, como você sabe. Ampliamos o território das buscas, procuramos nos bosques circundantes, vasculhamos os pântanos, inspecionamos as igrejas, as casas abandonadas, os antigos *bunkers*, não deu em nada".

Eu me ouço murmurando: "Ele teve um encontro infeliz, então?". No telefone, um novo silêncio, mais longo dessa vez. E então: "A região é tranquila". O argumento me parece tão frágil que reforça minha hipótese. Fico tão desconcertado que prefiro orientar a conversa para outra coisa:

"E o pai dele? Vocês o interrogaram? Foram até a casa dele?"

– Não posso fornecer esse tipo de informação.

– Ah... Por favor...

– Nada desse lado também, verificamos.

– E os testemunhos colhidos, deram em algo?

– Algumas pessoas se manifestaram, sim, mas não nos levaram a nenhuma pista séria, elas acham que viram uma coisa, mas na verdade viram outra coisa, ou outra pessoa, ou consideram indícios coisas que não são, tivemos até uma vidente que quis nos ajudar, tirando as cartas.

Eu suspiro. Em resposta, ele tenta me confortar, me consolar: "Claro, alguns indícios podem nos escapar, as pessoas podem mentir, mas eu ainda acho que seu amigo fugiu".

Finalmente faço a pergunta que tanto me atormenta: "Vocês consideram seriamente que pode ter sido suicídio?". Do outro lado da linha, nenhuma resposta, nem mesmo uma evasiva, e esse silêncio, para mim, quase soa como uma confirmação. Eu continuo: "Nicolas era frágil, agora sabemos… A violência do pai… o divórcio… o assédio na escola". O capitão se torna incisivo, não quer me deixar seguir por esse caminho: "Ninguém se mata por isso". Eu repito sua frase mentalmente, bem devagar. E então digo, em voz baixa: "O senhor sabe por que as pessoas se matam, então?".

Quando desligo, penso: éramos seis – cinco rapazes e uma garota – despreocupados, frívolos, alegres, em um verão cheio de possibilidades. Por que um de nós tinha que desaparecer?

Os dias passaram.

Continuei me levantando tarde, sentindo o piso frio da cozinha sob os pés descalços durante o café da manhã, ajudando Virginie a enterrar sapos mortos no jardim, caminhando por alamedas margeadas de malvas-rosa para ir à feira, abraçando Christian aos pés do caminhão, sentindo seu hálito de vinho ruim, encontrando meus pais no L'Escale, observando meu pai lendo o jornal e me perguntando se um dia eu faria o mesmo. Continuei indo à praia à tarde, nas horas em que o sol é mais forte, às vezes para me deitar sobre uma toalha ou mergulhar nas ondas, outras vezes simplesmente para observar as pessoas por trás dos óculos de sol. Continuei dando uma mão a Anne-Marie no quiosque de batatas fritas e jogando fliperama no Platin – podia jogar por horas a fio. Continuei bebendo cerveja e dormindo tarde, na cama improvisada ao lado da de François. Mas, claro, *já não era como antes*.

Eu pensava em Nicolas. Em certo momento, cheguei a acreditar que o reconheci ao dobrar uma esquina. Era sua silhueta, seu jeito de andar. Corri atrás dele, mas não era Nicolas, obviamente. Não passava de uma miragem, um efeito da minha imaginação, da minha esperança.

(Eu não sabia que isso aconteceria de novo nos anos seguintes, aprendi que nunca renunciamos completamente a uma esperança, aprendi que nossas lembranças nos fazem ver fantasmas, escrever livros.)

Até que chega o momento em que paramos de acreditar na fuga. Seria cruel demais da parte de Nicolas se esconder assim em silêncio, provocar tanto sofrimento sem pôr um fim em tudo de alguma forma. Além disso, a fuga é um afastamento, uma tomada de distância, não um enterramento ou um sepultamento. Uma mensagem indireta enviada a uma pessoa ou várias, não um mutismo obstinado. Geralmente é decidida por impulso. Quando a loucura passageira acaba, a pessoa toma consciência do que fez. E, acima de tudo, é trazida de volta à realidade, ela precisa comer, beber, encontrar um teto para dormir. Por fim, um fugitivo quase sempre acaba sendo encontrado, ele não é um espírito invisível, ele deixa rastros, baixa a guarda, comete erros.

Chega o momento em que só restam as hipóteses cruéis.

O momento em que, quase contra nossa vontade, apesar de nossas recusas, começamos a falar dele no passado.

Também entendemos que não temos ninguém com quem compartilhar essa história, além de nós três, os que ainda estávamos na ilha naquele verão.

Pouco depois de 15 de agosto, peguei a balsa com meus pais; voltaríamos para casa, as férias de minha mãe estavam chegando ao fim, meu pai retomaria suas aulas, e eu me mudaria para Rouen, o outono logo chegaria.

(Enquanto escrevo isso, uma imagem me vem à mente: pouco antes de atracarmos, meu pai subiu à passarela para me buscar e me pediu, levemente irritado, que eu fosse para o carro, estacionado no ventre da embarcação. Respondi: "Já vou", sem nem virar a cabeça. Em vez de voltar, ele se aproximou constrangido e disse apenas: "Você vai pegar um resfriado com esse vento". Acho que ele percebeu o meu desespero. Foi sua maneira de demonstrar afeto.)

Um dia, algumas semanas depois, acabei pensando: no fim, as pessoas têm o *direito de desaparecer*. O direito de se volatilizar, de se esquivar dos outros, de fugir, sem avisar, sem dar explicações, como que por magia. Os desaparecidos têm suas razões, que permanecem indecifráveis para os outros, mas que devem ser respeitadas, consideradas incontestáveis. Poder desaparecer constitui, em suma, uma liberdade fundamental.

Voltando a nós, também pensei: quem sabe não temos que passar por esse tipo de provação para crescer, para nos tornarmos adultos? Porque, claramente, saíamos diferentes daquela grande e inesperada desgraça, transformados por aquele enigma insolúvel, nada seria como antes, tínhamos perdido nossa ingenuidade. Depois disso, a seriedade prevaleceria.

Por fim, pensei: às vezes é preciso que alguém desapareça para que possamos aprender o valor da vida, para que possamos entender o quanto a vida é frágil e preciosa. Ao partir, Nicolas talvez tenha nos dado uma lição. Uma lição cruel e magnífica.

Epílogo

Christophe abandonou a pesca no dia em que fez trinta anos. Abriu um pequeno restaurante em Bois-Plage. Para chegar até lá, é preciso atravessar um pinheiral. Em julho e agosto, está sempre lotado. Melhor reservar, se quiser ter alguma chance de conseguir uma mesa.

François assumiu o posto de seu pai, levado por um câncer aos cinquenta e quatro anos. Todas as manhãs ele comanda o caminhão de açougue da feira de La Noue, faça chuva ou faça sol. Os tempos mudaram, mas a clientela segue fiel.

Alice se tornou produtora de cinema. Devemos a ela alguns filmes multipremiados.

Marc trabalhou como engenheiro na região parisiense antes de se mudar para os Estados Unidos, onde conheceu seu futuro marido, um advogado brilhante. Eles têm dois filhos.

Quanto a mim, comecei a escrever livros.

Nunca mais tivemos notícias de Nicolas Tardieu. Ele não reapareceu. Seu corpo tampouco foi encontrado.

Nunca saberemos o que realmente aconteceu na noite de 19 para 20 de julho de 1985.

Talvez seja por isso que, ao longo de todos esses anos, ela nunca tenha deixado de me assombrar. Mistérios não resolvidos podem facilmente se tornar uma obsessão.

Imagino que a morte o tenha levado. No entanto, às vezes penso que o rapaz melancólico, que em um dia distante de verão fumava um Marlboro encostado a um muro, está vivo em algum lugar. E que ele nos sorrirá novamente, sob o sol da manhã, e virá até nós cinco, milagrosamente reunidos, depois de jogar o toco do cigarro na calçada, como se nada tivesse acontecido.

Este livro foi composto com tipografia Adobe Garamond e
impresso em papel Off-White 80 g/m² na Formato Artes Gráficas.